名家讲经典

# 寻找理想作家

徐则臣 著

北京出版集团
北京十月文艺出版社

**图书在版编目(CIP)数据**

寻找理想作家 / 徐则臣著. — 北京：北京十月文艺出版社，2024.9. — ISBN 978-7-5302-2430-4

Ⅰ. I217.2

中国国家版本馆CIP数据核字第20245TV709号

寻找理想作家
XUNZHAO LIXIANG ZUOJIA
徐则臣 著

| 出　　　版 | 北京出版集团 |
| --- | --- |
| | 北京十月文艺出版社 |
| 地　　　址 | 北京北三环中路6号 |
| 邮　　　编 | 100120 |
| 网　　　址 | www.bph.com.cn |
| 发　　　行 | 新经典发行有限公司 |
| | 电话 010-68423599 |
| 经　　　销 | 新华书店 |
| 印　　　刷 | 河北鹏润印刷有限公司 |
| 版　　　次 | 2024年9月第1版 |
| 印　　　次 | 2024年9月第1次印刷 |
| 开　　　本 | 880毫米×1230毫米 1/32 |
| 印　　　张 | 6.25 |
| 字　　　数 | 90千字 |
| 书　　　号 | ISBN 978-7-5302-2430-4 |
| 定　　　价 | 48.00元 |

如有印装质量问题，由本社负责调换
质量监督电话　010-58572393

版权所有，未经书面许可，不得转载、复制、翻印，违者必究。

目　录

我的"外国文学"之路　1

只有一个马尔克斯　17

寻找卡达莱　25

大江健三郎的审判　48

当我走过窄门　59

奥尔罕·帕慕克："帝国斜阳"的书写者　68

你没有听到狗叫吗？　99

他写偷情，写鸡零狗碎，写半个世纪的美国历史
　　——谈厄普代克　111

沉默的力量

——重读《静静的顿河》 126

卑微如扁虱，高贵如国王

——《香水》序 135

"我要挽回你们为我失去的青春"

——序《我的忐忑人生》 146

寻找理想作家 156

我的"外国文学"之路

一

十一岁之前,我住在一个村庄里,无法想象有地方比县城更远。从我家到县城,四十里,这是我理解的世界的半径。我看过外国人,在电视里,在那台从姑妈家借来的黑白电视里，他们头发卷曲，高鼻深眼，名字长得憋一口气都说不完，穿着可笑的礼服和长裙。看第一眼我就不喜欢，还不太会说中国话（他们的确都说中国话，每一集电视剧结束都会出现一长串配音演员的名字）——竟然还有人长这么丑。这不是我一个人的感受，围在十四时电视机前的一屋子街坊邻居都不喜欢。这是20世纪80年代中期，四邻里只有我们家一台电视，一到阴天下雨和晚上，没活儿可干的邻居就聚过来。他们说，换台换台，外国人不好看。我就走到电视前，咔咔咔拧半圈转到另外一个频道。能收到节目的就两三个频道，我们宁愿看另一个频道里跟我们没有任何关系的广告。

十一岁，我去镇上念初中，一半好奇一半虚荣，我向念高中的朋友借来两本外国文学名著，《嘉莉妹妹》和《珍妮姑娘》。拿到书的时候，我能听见那些下雨的午后，因为不喜欢那些外国人而换频道的坚硬的咔咔声。可我已经是个中学生了，得做个有学问的人。《嘉莉妹妹》和《珍妮姑娘》是我最早读到的外国小说。我几乎是硬着头皮翻开了第一页。读得出乎意料的顺，因为除了故事我可以完整地复述出来，所有那些稀奇古怪的外国人名我竟然都记住了。当我说出那些复杂冗长的外国人名时，我觉得我的舌头正在跳传说中的芭蕾。也许正是这些古怪的名字激发了我对外国文学的兴趣，接下来我借了《复活》。读完后，我向同学们讲述了卡秋莎·玛丝洛娃的故事，每次说到公爵，我都说出他的全名，德米特里·伊凡内奇·聂赫留朵夫，小伙伴们的眼睛都瞪大了，你可以想象我的虚荣得到了多大的满足。显然，这不是简单的记忆力问题。

玛丝洛娃和聂赫留朵夫在相当程度上激发了我对外国文学的阅读兴趣。从《复活》开始，我逐渐进入了持久、自如的外国文学阅读。那点可笑的虚荣是个好东西，异邦人和异质文化对我不再是障碍，反倒对我产生了吸引，由此也修正了我对外国文化、外国人（包括名字、长相、生活习惯等）的拒斥和偏见。我甚至更愿意阅读外国文学、看外国电影。时至今日，我读过的外国文学、看过的外国电影，在量上肯定是远远大于中国的，尽管我毕业于中文系，拿的是当代文学的硕士学位，写的是中文小说。

二

　　读了一堆书未必要成为作家，也未必能成为作家。高中时我开始写第一篇小说，闹着玩儿；接着又写了一篇，深受新历史主义小说的影响，古典、纠结，背景是战争，写得很认真，但依然是闹着玩儿。我也写诗，不过都是那点小文艺情怀和青春期倾诉的欲望作祟，从没想过未来要靠这个行当吃饭。我只是读书，中国小说，外国小说，我想学的是法律，要做的是律师。高考志愿前面一大串报的都是法律，只在最后填了一个中文，考砸了，一头钻进了中文系。我有被闪了一下的失重感，整个大一都没回过神来。能做的就是整天进图书馆，用巨量的阅读把自己扶正。这是我一次长达一年的纯粹为阅读而阅读的经历，悲壮地坐在图书馆里，看不清前路地抱着一摞摞借来的外国小说奔走于宿舍和教室。大一暑假，我一个人待在校园里，某个黄昏，夕阳半落红霞漫天，我抱着一本书两眼迷离地从宿舍里走出来，迫切想找个人告诉他，我知道我该干什么了。

——当个作家。

阅读本身终于扭转了我的志向。我把它称为"读开了",那是我第一次"读开了"。大量的阅读突然就让我明白了事理,给了我自信,知道哪些事情能做、可能做好,哪些事情我永远也做不了,它给我打开了一条新的路。我的阅读开始有了目的,我要为写作而阅读。也因为这个缘故,我发现我就读的这所大学的图书馆不够用了。阅读是一张发散的网,一本书会勾连起另一本书,一个作家要带出来另外一个作家,彼此交叉纠缠,我的阅读之网在这个图书馆里经常一不留神就得断掉。外国小说,尤其是被我心仪的大作家挂在嘴上的那些经典,按图索骥到它们时,抓耳挠腮也找不着。很多想读的书都没有。那个图书馆不算小,对一般的中文系学生来说绰绰有余,教科书上提及的作品基本都有;但对立志要见贤思齐的写作者,必须另有一个别致的图书馆,用以收藏和存储那些刁钻和稀奇古怪的作品。我需要的是一个作家的图书馆。

欠下的书单有一堆,我的阅读欲望无望地积压在一起。结果天上掉下个馅饼,大二结束时我获得一个去另外一所大学续读的机会,那所大学有一个巨大的图书馆。第一次翻看外国文学的索引卡时,我已经激动得气短,那么多寻而不遇的外国小说的书名都被蓝黑墨水工整地写在卡片上。这下发了,好像那都是我的私有财产。

接下来就是"恶补"了,我那时候读书时的确有点"穷凶极恶"。每次借书都要满额,还书的速度也比别人快。因为是插班生,任课老师的点名簿上没我的名字,不喜欢的课我都逃掉,不在图书馆就在宿舍,斜躺在床上看书。欠下的阅读债还完以后,我开始了更加疯狂的阅读。大概很少有人这样阅读:外国文学占了图书馆一楼的半个厅,国别语种之外,依照字母顺序一架架排列,我就照着字母顺序开始读,每个国家和语种的小说都是从 A 读到 Z。

大三大四那两年,我几乎不抬头。阅读低着头,写作也低着头;图书馆在山上,宿舍在山下,每天上山下山也都低着脑袋,胳肢窝里永远夹着两本书。因为插班,因为上课少,集体活动也很少参加,毕业时和班上的好多同学都没说过一句话。我不知道别人是否觉得这种饕餮式阅读有些可笑,但如果你要和我一样,积压了如此沉重的阅读欲望，因为一个偶然的机会才得到这样一个阅读的盛宴，你就能理解我：饥饿的人的确会扑到面包上。

往返于图书馆和宿舍的那两年，我没意识到肚子里装了不少书，对我来说那是习焉不察的日常生活，没什么好说的。毕业后，我去大学教美学和写作，在写作课上，我才发现自己真读了不少外国小说。我把陈旧的写作教材扔到一边，自行其是，按照自己对写作的理解来讲，分若干讲，每一讲只谈小说的一个问题，比如语言、细节、故事、结构、开头、结尾、对话、主题、标点符号等等。备课时我要从诸多经典和优秀的外国小说里提取例证，除非必须刻板地摘录引文，我几乎不需要查阅资料，读过的外国小说从黑暗的记忆中一部部浮现出来，凭印象我就可以差不离地把小说中相关的内容复述出来，把问题讲清楚。搬家的时候我翻到十年前的教案，备的都是简案，一讲的内容有的只有两三张纸，要点下面通常只是一部部外国小说的篇名和书名。我才发现当时的确读了不少书，那么多现在已然模糊乃至完全遗忘的作品在当时竟可以信手拈来。年轻真是好，记忆力也咄咄逼人。要在如今，哪一讲都得把自己折磨死,两三张纸是无论如何也不够用的。

这是我第二次把自己"读开了",在对外国文学的接受和理解上。读开的结果不仅让我顺利地完成了那两年的教书任务,更在于,那些经典的作品于我的写作大有裨益。我阅读了,我理解了,我运用了。或许真如别人所说,我们是喝"狼奶"长大的,外国文学给我们的写作提供了压倒性的营养。

三

我去年参加了一个文学会议,讨论现代文脉与今日写作,发现了一个很有意思的现象:与会的学者和批评家们都在谈中国文学的传统,谈继承,谈"五四"以降的现代文脉对中国当下写作的重要性;而作家们谈到自己的创作时,完全是数典忘祖,甚至典都不是中国的典,对他们的写作产生重大影响的绝大多数是外国文学和外国作家。一方面是传统之重大、文脉之久远,另一方面却是别开蹊径、他山之石可以攻玉;既然我们有一大堆自己的好东西,为什么还要千里迢迢地"拿来"呢?"拿来"倒也无妨,怎至于如此数典忘祖地近乎全盘"拿来"呢?会议结束,我将自己的观察求教于学者,却没有得到富有说服力的解答。

其实我们都明白,新文学是"现代"的产物,晚清列强来袭,国门洞开,我们的文学"被"强行"现代性"了。有了"现代性"这个东西,我们发现,文学跟过去的传奇和话本小说,跟明清的一些市井小说不太一样了,它的内倾、反思、质疑,它用以实现内倾、反思和质疑的技巧和叙述模式,都和老祖宗的东西区别了开来;它把我们的文学从平铺在生活和世俗的表面,拽进了生活黑暗的纵深与人物的复杂幽微的内心。一个必须开眼看世界的时代,一个必须深入地自我反思和发现的时代,世俗层面上的故事,人心之外的故事,已经没有能力及物、有效地接近和抵达我们以及我们所置身的这个世界的真相。

现代小说本来就是舶来的,源头在西方,它的一整套行规拿到眼下的中国,的确也可以更有效地解决我们的问题。但我们就是磨不开这个面子:传统从来都是伟大的,中国当代文学当然只能是中国古典文学和中国现代文学的继承与发展，没有鲁迅，我们如何能够想象今日的写作？数典忘祖的行径我们不能接受。没错，中国当代文学的确是走在中国古典文学和中国现代文学开辟的道路上，但你不能由此推断当代文学必然就走在自家的直线上。它可能会拐弯，可能出现岔道，可能会与其他的道路交叉、并轨；它姓"中国"，并不意味着它就是个没有纳入另一种基因的纯种。鲁迅当然是现代文脉最重要的一支的源头，鲁迅就那么"中国"？他的《狂人日记》从题目、形式到内容，都从俄国来。他在《呐喊》、《彷徨》和《故事新编》中所动用的叙事资源，他的振聋发聩的"现代性"，接的显然也不是古典小说的轨。

但在那次会议上，一部分学者和批评家们似乎放任鲁迅的旁逸斜出，却希望将当下的写作强硬地编制进中国的"传统"和"现代文脉"里。

当然，这也是个周期性发作的老问题，我们太想"纯粹"和"一尘不染"了。20世纪80年代，林毓生先生在《中国传统的创造性转化》中就已经开始探讨这个命题，林先生的态度倒是比较实事求是，他从外来文化为我所用的角度反方向地阐明了该问题："简单地说，是把一些中国文化传统中的符号与价值系统加以改造，使经过创造性的转化的符号与价值系统，变成有利于变迁的种子，同时在变迁过程中，继续保持文化的认同。这里所说的改造，当然是指传统中有东西可以改造，值得改造，这种改造可以受到外国文化的影响，却不是硬把外国东西移植过来。"这一以我为本的创造性转化充满艰辛，中国文学传统的现代性转换更是道阻且长，它要从核心处找到适用和提升当代写作的宝贵资源。

这些年文学界也一直在进行"回归传统"的努力：大踏步后退，章回体的实践，方言写作，回到最基本的市民生活，等等，但基本上流于形式，动不了文学的根本。

也许事情确乎如此，外国文学给我们当下的创作提供了极为重要的源头活水。当我们的作家在直面当下的生活、在正视我们最真实的内心时，可资利用的现代小说精神，可供实现最直接、最有效的自我表达的最顺手的叙事工具，如果它们来自外国文学，那我们必须承认，"狼奶"也是"奶"。当然，从我们自身的文学传统中寻找新的文学生长点的努力，同样需要持之以恒地进行下去，传统中必将有那么一部分无比地契合在这个传统中生衍了千万年的读者与写作者。

四

2009年我写了篇文章，《从一个蛋开始》，说不喜欢汉语中的卡夫卡，因为"他干、冷、硬，仿如偏执阴郁的骨骼和石头，至少对我这个不懂德语的读者来说，我本能地抗拒中译本的汉语表达。他的语言吃到嘴里硬邦邦的，咽下去很不舒服"。就这么两句话，在网上挨了一堆板砖，各种谩骂综合起来只一个原因：竟敢说卡夫卡不好，你丫也配？事实是，这只是欲扬先抑，接下来我在文章中说："我总想，他为什么就不能温润一点？为什么就不会笑一笑呢？我所见过的卡夫卡的照片，一律板着脸，拘谨和恐惧在上面结了冰。这当然只能是假设，如果他蓬勃温暖、放旷自如，卡夫卡就不再是卡夫卡了。"那些患有大师强迫症的读者不管这些，板砖抡下来再说，更不管接下来我

**如何真诚地表达我对卡夫卡的理解与尊崇:**

十年前我刚开始写作时,和所有的学徒一样饕餮大师。打眼我就知道卡夫卡不合我胃口,不过还是咬牙切齿地啃完了他的主要作品。我想知道一个阴郁的人如何写作,一个把小说带进"现代"之境的大师如何表达他的现代感。我相信我看出了卡夫卡的确在从事一种迥异于前人的文学,我也相信我的确从中汲取了诸多的营养,因为我当时和所有年轻人一样,习惯于把《变形记》《在流放地》《城堡》《诉讼》等名著深沉地挂在嘴上。我同样确信我的言必称卡夫卡不仅仅源于虚荣和卖弄,而是我看懂了——多么难看的小说,我看懂了。这个恐惧的人、胆怯的人、内心极度敏感和脆弱的人,这个惶惶不可终日了无自信的人,这个无视浩大的生活只愿意钻进内心的地洞的人,我理解他的所作所为。一个人可以这样,内在的情感和故事逻辑对我没有障碍,我想,噢,这就是现代主义,从繁华、强硬、动荡和非理性的世界中退守自我的渺茫卑微的个体。所以，在向别人陈述卡夫卡时，我可以用比卡夫卡还要抽象的汉语来自圆其说。

看过了，我以为我懂了，而且不喜欢，于是很少重读。前段时间，一个偶然的机会我开始系统地重读卡夫卡，是那种一个字一个字地抠着读，还是不喜欢，依然觉得他的汉语表达有着说不清道不明的别扭，缺少亲和力，但读之心惊，或者说，越发心惊。

年过三十，不再是围墙内心无挂碍的学生，一个人所可能面对的生活正逐渐完整地向我扑来，以不同的方式，凶猛如野兽。我突然要面临工作、家庭、亲人、朋友、领导、权威、体制、社会关系、欲望、发展、伸张、绝望、犹豫、决定等等关键词，其琐碎复杂和利害关系让我越发体会了一个人的无奈、惶恐和急欲隐遁的冲动。我意识到先前对卡夫卡的理解是多么单薄和清浅，那不过是一个生活在生活之外的二十岁左右的年轻人照本宣科的理解，局限于文学之内，就事论事，是一种更接近于空对空的思维层面的游戏，缺少了与寄身的这个活生生的世界之间的张力，更少了一份与生活迎面时粗粝地摩擦和撕扯的切肤之痛。二十岁时我更多地看见卡夫卡和他的人物，孤寂、惶恐、胆战心惊；三十岁之后我不仅看见伟大的作者和他的人物，更看见了他们面前咫尺之遥的黑魆魆的世界，庞大、高耸、连绵不绝，这个世界只需要沉默就可以让你喘不过来气，它黑暗、冷漠地压迫你，直到你承认了自己之小，直到你退守到消瘦的躯壳里，退守到在内心掘出的地洞里。

也许卡夫卡处之极端，一个人不必要如此惊慌失措地溃败，一个人有足够的理由强悍起来，像擎天巨柱一样与世界分庭抗礼。我相信，这世上不乏可以乾坤倒转的巨人，但我现在，更愿意在沉默和悲伤的时候把自己想象成卡夫卡和他笔下的人物，毕竟令我沉默和悲伤的时候更多，与天斗、与地斗、与人斗，我们其败连连。如果你面临挤压，如果你常常对生活束手无策，如果所有的事对你来说都超乎寻常地困难，如果你伸出两只手却感到力气空空荡荡，你就可以真正地理解卡夫卡了。

——这感觉多半发生在你独自面对世界之后，比如我，三十岁之后开始体会到断断续续的无力和虚弱。

而这样的文学大概也只会发生在20世纪及其以后，在一个卢梭痛恨的"文明世界"里，人可能会极其强大，人更可能极端脆弱。

写这篇文章是为了说明，影响你的写作的作家跟你喜欢的作家不是一码事。那年10月，在德国波恩大学我的小说朗诵会上，我被问及的问题之一是：你的偶像是谁？这些老师在哪些方面影响了你的写作？我回答：偶像是我喜欢的作家，未必影响我的写作；而影响我的老师，未必是我的偶像。比如德语作家卡夫卡，20世纪40年代以后，大概百分之八十的作家都是他的门生，毫无疑问，他也深刻地影响了我，但我就是喜欢不起来。

面对外国文学和作家，这个问题你永远回避不掉。

*原文《我的"外国文学"之路及相关问题》*
*发表于《中国比较文学》2014年第1期*

只有一个马尔克斯

　　一早起来看了一会儿《陀思妥耶夫斯基传》才想起打开手机，打开了就没放下来，短信、微信、新闻、微博，漫天遍地都是马尔克斯去世的消息。马尔克斯想来无须介绍，谁经过了今天还依然不知道，那可能以后也不需要知道了。在中国如此，在全世界想来也如此。随便搜了搜海外的媒体，消息和纪念文字同样漫天遍地，好几个国家的领导人也站出来追念他的"伟大"。在微博上，面对刷不完的马尔克斯有人早已经烦了，曾经质疑的牛鬼蛇神都跳出来数点一下大师，你们是真明白吗？我也不知道连篇累牍地发各种消息和材料的各路英雄是否都读过马尔克斯且有所领会，但我还是支持大家能说的都说说。即使附庸风雅，给自己营造点非局外人的幻觉，也未尝不可，谈论一位伟大的作家总不是坏事，马尔克斯当得起所有人的纪念和赞誉。

在当代，大概很难找到另一位作家像马尔克斯这样能够对全世界产生如此持久和显著的影响力。1982年获诺贝尔文学奖以来，他就成为全球瞩目的焦点，此后，每一年诺奖揭晓的时候，尽管新科状元走马灯一般地换，你都会在这些闪光的名字背后看到另一个同样闪光的名字——加西亚·马尔克斯，因为你总会在潜意识里用他的成就和标准来比照新科得主，就像我们提到19世纪以来任何一位别的作家的时候，我们都会让他们的身边站着一个托尔斯泰，我们不乏阴暗地想看一看他们和托尔斯泰的肩膀是否一样高。在这个意义上,别的作家可能只得了一次诺奖,而马尔克斯获得了自1982年以来的每一届诺奖。

那么,马尔克斯的文学成就真的就高到了No.1的地步?当然未必见得,起码这是个见仁见智的事。但他的国际影响力的确是当代的任何一位诺奖作家都无法匹敌的。没有谁能像他那样,既以文学影响着此后的每一代作家,又在政治上对美洲的政局和社会产生重要的影响。这个一点儿都不喜欢政治的哥伦比亚人,一次次地出现在美洲国家首脑和独裁政要的身边,斡旋,调停,谏言,凭借他的文学成就和与政要们的私交,尽一个文人在这个时代所能尽到的最大力量,去维系生养他的大陆的安稳。反过来,他在政治和社会中的作用(也许的确微乎其微)又在相当程度上,将他以其他作家无法借助的青云之力持久、深入地推广至全球视野,这也进一步加固了他的文学影响力。这也许并非大师所愿,但生逢动荡的拉美,要独善其文学之身、不蹚政治的浑水,对马尔克斯这样的作家,难度似乎也比较大。

当然,在中国,马尔克斯一直以来都是一个绝对的文学大师的形象。20世纪80年代以来，至少有三代作家接受了他的文学启蒙。从先锋派到寻根文学，从中国作家被戏称不如此开头就不会写小说的经典的"多年以后……"到莫言意义上的一座"灼热的高炉"，及至眼下不再盗版的汉译《百年孤独》狂销两百多万册（2014年），年轻的文学爱好者依然以"文学圣经"视之，从未有哪位外国作家在中国享受如此隆重的礼遇和漫长的追捧。这的确是个意味深长的话题：一个外国作家成了中国几代作家的文学"教父"。

和很多作家一样，我在写作之初也把马尔克斯奉为超级男神。整个大一、大二，我和爱好写作的小伙伴都在疯狂地寻找马尔克斯的作品，只言片语都不放过。但凡哪本书中收入了马尔克斯的一篇文字，立马掏钱拿下。学校图书馆里的那本1982年版《加西亚·马尔克斯中短篇小说集》被我借了一遍又一遍，经常逾期不还，宁愿接受罚金。后来，还掉的想法也没了。据说弄丢了书将以定价三倍罚之，小伙伴们就怂恿我拿钱消灾，据为己有，我真就这么干了，怀揣一只小兔子储钱罐到了图书馆，怯怯地说"老马"失踪了，甘愿受罚。老师用鼻子哼了一声，谁告诉你三倍？1982年的书，十六倍！我的汗唰地下来了，钱没带够，赶紧找人去借。这本书现在还摆在我的书橱最显眼的位置。十七年了，念过三所大学、换过三个工作、搬过十几次家，很多东西丢了，很多书想不起来放哪儿了，这本书一直带着。书橱里马尔克斯摆在一处，中文的外文的，正版的盗版的，诸多版本中，扫一眼我就能从一大排中准确地挑出这一本，它最旧，十七年来已经被我翻烂了。

因为马尔克斯，我在十九岁时开写平生第一篇长篇小说，决意写得和《百年孤独》一样长，而且和《百年孤独》一样分四十章。白天上课、看书，晚上熄灯后打着手电在被窝里写。我在小说里写到一片沼泽地，即使你在梦中经过那里，脚上都会留下沉重的淤泥味儿，用多少药和水都洗不掉。很魔幻，也被魔幻激动得费好大劲儿才能睡着。不难想见它必将半途而废，以我当时的文学准备，根本写不下去，但我敝帚自珍，那四万多字的手写稿至今存着，等哪一天炉灶再起，把它写完。

无论从哪个苛刻的角度看，马尔克斯都是一个伟大的作家，能在写作之初得遇这样一位大师，我们只能说三生有幸。他可以交给你一副全新的看待世界和真实的眼光，世界不仅可以用照相机般的现实主义反映出来，还可以用魔幻的、变形的、夸张的方式来呈现。从你开始认真打量这个世界并决意个人化地表达出来时，他就告诉你，文学中的世界和真实至少有两副面孔。还有他的"多年以后……"，如果你仅仅把它看作无数种伟大的小说开头之一，那你就错了，马尔克斯在告诉你，还可以这样处理时间和小说的结构。从内容到形式，有多少作家能够全方位地给你启示、警醒和典范？即使他是大师。马尔克斯可以。所以，每一代作家遇到马尔克斯，相当于发现了一个新的世界，发现了一种新的想象和表达世界的方式。他如何能不伟大？

但是，再伟大的作家都会有让人生厌的时候。顿顿红烧肉你可能有一天也会扛不住。有一天，我突然发现我对马尔克斯不那么喜欢了，这个发现把我吓了一跳：马尔克斯啊，你怎么会不喜欢了呢！我的确就是不那么喜欢了，当我把《百年孤独》读过四遍之后，我对那种打磨得如此整齐、光洁和完美的语言和叙述厌倦了，我觉得腻，吃多了红烧肉的那种腻。我希望他能粗粝一点、朴素一点，不那么完美一点——完美真是个让人抓狂的词，我越来越认为完美是一部小说尤其是长篇小说的致命伤：一部完美的小说最大的毛病就是它的完美；这听起来像言不及义的绕口令，但事情恰恰如此，起码在我看来是这样。我能接受它有一堆的小毛病，但我不能接受它的完美；如果它什么毛病都没有，它将毁在自己的完美里——完美成了最大的毛病。面对一座一石一峰完全符合黄金分割律等美学原则、一草一木皆顺从视觉感受的高山，你有什么感觉？你会不会觉得真得到了假的程度是对美的最大的伤害？不知道别人的阅读感受如何，阅读马尔克斯，我越发感到了完美变成了我和马尔克斯共同的敌人。

我希望看到的一座山就是一座山，一座山该有的优点它有，一座山该有的缺点它也有。我要的是一座山，而不是让一座山经历过度的美学加工之后的标本。我希望长篇小说像一座真正的大山那样，开阔，复杂，朴素，本色。马尔克斯过于完美了。不过话又说回来，能达到马尔克斯之完美的,的确也凤毛麟角,甚至凤毛麟角都数不出来。马尔克斯的完美臻于作家的极限,那么,在这个意义上,他也的确是多少年来我们想象了无数次的那个最理想的作家。他的唯一性依然不可替代。

     2014 年 4 月 18 日,鄞州天港禧悦酒店

寻找卡达莱

这几年给朋友推荐国外的作家,通常都少不了库切、卡达莱和唐·德里罗。好作家很多,我之所以不厌其烦地推荐这"老三篇",其实基于我对中国当下文学的观察和理解:此三位他山之玉,可以给我们提供诸多切近的文学启发。

现在移居澳大利亚的J.M.库切,南非人,2003年诺贝尔文学奖获得者,作品的质量相当整齐,极少显见败笔。他的一系列长篇小说里,至少五部作品堪称经典,比如《等待野蛮人》《迈克尔·K的生活和时代》《耻》《彼得堡的大师》《青春》,科学般的简洁和精准,哲学式的深入和思辨,让库切在新世纪的诺贝尔文学奖得主中颇为抢眼。因为身处南非,复杂的种族关系、历史沿革和社会现实,不采用宏大叙事介入小说几乎不可能,但库切的宏大叙事别具匠心,他总能够以小叙事实现大叙事。库切小说里的人物屈指可数,人物关系也从不刻意复杂,他从他们的日常生活着手,就在那三两个人之间绕来绕去,他们不会动辄家国大事、种族认同,但小说结束,你会发现该触及的大问题一个没少。库切甚至不需要漫长的助跑和热身,他的长篇小说篇幅极少超过二十万字,你一不留心,他就把琐碎的日常的小叙事联通到了国族的大背景上。库切找到了从个体的小切口进入宏大叙事的路径,腾挪辗转,从容轻巧,跟我们习见的大型团体操式的、以宏大叙事实现宏大叙事的"史诗"套路判若云泥,跟我们经由堆砌肥大细节的日常梳理、努力伸长脖子踮着脚尖抓取宏大主题的笨拙也完全不同。他做事从不难看。处理现代问题，他有低调、纤巧、有效的"库切式"路径。库切可以做我们的老师。

唐·德里罗，1936年生于纽约，此生的大部分时间待在纽约，直到现在。很多批评家冠之以后现代作家的名号。如果说他的确是后现代作家，肯定是最伟大的几位后现代作家之一。极少有作家能把作为后现代大本营的都市写得如此到位。唐·德里罗写出的不是一个充满高楼大厦咖啡馆夜总会声色犬马骄奢淫逸车水马龙的表象和符号的城市，他写出的是一个城市的城市性；他把一座城市和这个城市的人，看到了骨子里。唐·德里罗小说的背景未必都在纽约，但长养他的纽约肯定是帮了大忙，这座"世界首都"训练出了他对城市、对现代社会先知般的洞察力。长篇小说《地下世界》堪称典范。这部长达七十万字的小说尽管并非局限在都市，而是放眼至整个20世纪后五十年的美国，但对现代都市的认知还是成就了小说的雄浑和复杂。英国作家马丁·艾米斯说："无论《地下世界》是不是伟大的小说，毫无疑问，它使德里罗成为伟大的作家。"

这对中国当下重新兴起的城市文学,以及对现代社会的反思性书写,我以为当有所启迪。

那么伊斯梅尔·卡达莱呢?我看重他作为一个作家,所携带的与一个中国作家类似的历史、身份认同,他的政治胎记,以及他对阿尔巴尼亚历史与社会主义经验的个人化的文学处理。

作家分两种:一种,只看其作品即可,论事无须知人,作家本人不参与自身作品的阐释。他最大限度地把自己和作品隔离开来,即使对作家一无所知也不会妨碍你对他作品的理解,作品有其自足性。像钱锺书先生说的那样,吃了鸡蛋觉得味道和营养不错,不必去打听母鸡长什么样。还有一种作家,他本人就是一桩传奇,在文学的意义上,其自身的复杂性即堪称一部大作品,你必须知人方能论事。他的人生经验里藏满了打开其作品奥秘的小钥匙,乃至作家本人就是作品的主人公。卡达莱是后者。

卡达莱参与自身作品的书写,但在他大量的作品里,就已经译成中文的那部分论,小说里又鲜有真正接近作家本人的第一人称"我"。《石头城纪事》算一部，一个儿童视角的小说，写"我"记忆中的吉诺卡斯特城。梦幻一般巨大的石头城，"在这无比强大的甲壳下面，居然还有鲜嫩的生命存在并且繁衍"。卡达莱的家乡吉诺卡斯特城就是一座石头城，卡达莱的童年贯穿了完整的第二次世界大战，城市上空轮番飘扬着意大利、希腊、德国等占领者的旗帜。魔幻般的现实和一个孩子对这个世界的幻想纠结在一起，加上阿尔巴尼亚悠久的历史传说和浓郁的风土人情，成就了《石头城纪事》的传奇、神秘和无序。而传奇、神秘和无序，可能正是那个特殊时期的吉诺卡斯特城的真相。另一部有"我"的是中篇小说《三孔桥》，但"我"是中世纪的一个修士，叫吉恩。除了该修士对阿尔贝里（阿尔巴尼亚的古称）的命运看法来自作家本人，两者的共同点就只剩下都是男人了。

如此说来，卡达莱当属前者，即"论事无须知人"，其实不然。卡达莱的独异之处正在于此：为了能够有效地思辨他所执着的主题，他要做的首先是把"我"剥离出来。这个剥离，既是对"第一人称"的规避，也体现在时空上的审美转换。卡达莱不愿意直接进入小说，包括直接的情绪和判断，所以，他的小说很难用现实主义的标准来框范，即使某些小说纯属写实，针对的也是阿尔巴尼亚的现实，即使毫无技术上的魔幻可言；因为情绪和判断表面上的不介入，呈现出的是冷静、残酷的寓言化特征。比如长篇小说《破碎的四月》。

20世纪20年代，阿尔巴尼亚的一些高原地区，依然存在着世代仇杀的习俗。根据他们信奉的《卡努法典》，一个人遇害，该家族必须承担起为其复仇的重任。凶手被杀后，凶手的家族又负有为其复仇的责任，杀戮又转向了最初遇难的家族。如此反复，仇杀一轮轮循环，以至于世仇双方，小说里的贝利沙家族和科瑞克切家族，在过去的七十年中各增添了二十二座坟墓。更为荒唐的是，仇杀肇始于一个陌生人。七十年前，一个寒冷的10月夜晚，一个谁都不认识的男人敲响了贝利沙家的门，请求借宿。根据《卡努法典》，对好客的阿尔巴尼亚人而言，客人是神圣的半神半人，应当享受至高的礼遇。好吃好喝伺候完了，乔戈祖父的弟弟送陌生人出村庄，到达村庄边界，刚离开客人，乔戈祖父的弟弟听见一声枪响，客人被科瑞克切家族的一个年轻人杀掉了。根据《卡努法典》，乔戈祖父的弟弟在客人被袭击时已经转了身，为客人复仇的责任不必落到他的头上。问题是，大清早的，这一幕找不到目击者，就没法证明主人的清白；更令人崩溃的是，客人倒毙的方向朝着村庄，而且是脸朝下趴地上，根据《卡努法典》的规定，这等于乔戈祖父的弟弟没能善始善终，把客人送出村庄，他必须承担为客人复仇的职责。一场旷日持久的杀戮就这么开始了，七十年来，你杀我我杀你。眼下，复仇的重任落到贝利沙家的乔戈身上，因为前几年，乔戈的哥哥刚被科瑞克切家的人杀害。而当年科瑞克切家的那个惹事的年轻刺头，袭击陌生人的原因简单到荒唐和无谓，就是因为在一家咖啡馆，陌生人当着一个不知道姓甚名谁的女人面羞辱过他。

这个小说相当现实主义，没什么春秋笔法和言外之意，卡达莱只是板着脸把它讲出来，情绪简约，个人的判断悬置，但讲着讲着，你就会觉得它是个寓言。

类似的小说在卡达莱的作品里有一个系列，比如《梦幻宫殿》和《错宴》。故事以现实的逻辑运行，结束时成了寓言。原因何在？从《破碎的四月》或可看出，小说的寓言性源于故事自身的荒谬和悖论。当然，你非要较真地说，卡达莱干啥都无动于衷，一点倾向也没有，那肯定是自欺欺人。作家选择什么样的素材，怎么去写，本身已经亮出了态度。

阿尔巴尼亚在历史上曾被奥斯曼帝国统治近五百年。在奥斯曼帝国时期，某苏丹亲手创办了一个机构，主管睡眠和梦幻。该机构负责征集梦，然后把帝国各个角落里做过的一堆梦进行归类、整理、分析，当然不是作心理学研究，而是像弗洛伊德那样，相信梦有根深蒂固的源头，相信日有所思夜才有所梦。他们寻找妨碍君主统治的蛛丝马迹，一旦发现风吹草动，哪里苗头不对，立刻上报，跟着相应的打击、镇压和灭绝连绵而来。该机构名字叫塔比尔·萨拉伊，民间称之为"梦幻宫殿"。清醒时候的事归政府管，睡着了以后的事情归梦幻宫殿管，可见权力有多大；清醒的时候想说的话想做的事不敢说不敢做，等睡着了你管不住自己时，该说的都说了，该做的都做了，真相全出来了，可见梦幻宫殿之重要，关乎天下社稷。这里的公务员一般人是考不进来的。马克-阿莱姆进来了，因为他根正苗红，是世家子弟，大舅贵为边疆大吏，二舅身为外交大臣，两个表兄也当上了副大臣。如此过硬的背景，进来了并不稀奇。也借着这雄厚的底子，他仿佛上了快车道，一路升迁，然后，依照我们的戏剧性思维，他误判了一个梦，该梦成为君主对他家族下手的由头。

显而易见，《梦幻宫殿》里，机构自身强大的荒谬性足以让故事自行生长，卡达莱根本不需要在小说里指手画脚。阿尔巴尼亚是片神奇的土地，他要做的就是依他对这个国家的历史与现实的洞察，从中选取一些悖论性事件和命题，在某种困境里尝试展开自己的文学思辨。

悖论可以看作是卡达莱小说的关键词之一。

卡达莱的家乡有个著名的外科大夫，叫大古拉梅托大夫，比另一个外科大夫小古拉梅托还有名。二战时德国军队开到吉诺卡斯特，指挥官弗里茨·冯·施瓦泽上校命人通知大古拉梅托大夫，老朋友来了，见一见呗。上校是大夫早年留学德国的同窗，铁哥们。面对民族大义和兄弟情深，不知道大夫是如何权衡的，反正他邀请了上校来家里做客。上校带着随从、鲜花和香槟来到了大古拉梅托府上。这一次的晚宴，卡达莱讳莫如深一笔带过，因为他也不知道发生了什么事，但结果大家都知道了，德军上校释放了一批阿尔巴尼亚人质，避免了一场迫在眉睫的屠杀。事情没有完。阿尔巴尼亚解放后，当国族的生死存亡成了次要矛盾，那场晚宴重新成了问题。大古拉梅托大夫和德国上校之间究竟有什么细节？于是当局把大夫抓了去，调查，审问，甚至怀疑他和国际上著名的反共大阴谋有关。碰巧预审法官沙乔·梅兹尼生性狭隘，完全不关心事情真相，一心泄私愤发邪火，把大古拉梅托大夫往死里折腾。当我们依然不能有效地重返历史现场的时候，苏联那边，斯大林死了，沙乔·梅兹尼发现这么折腾下去意思也不大，干脆杀了大古拉梅托大夫。那场晚宴成了永远的谜。

这是长篇小说《错宴》的故事。大古拉梅托大夫的悲剧是个宿命。战争时大家可能感谢你，因为你挖空心思挽救了一批生命；生命无虞了，忠诚问题上升为主要矛盾，开始怀疑你别有用心。前后两次不同的推敲，用的其实是同一种标准：正义。问题是，对于一群机会主义者，有真正的正义吗？沙乔·梅兹尼们貌似对那一次晚宴的真相汲汲以求，其实他们根本不关心；因为不关心，即使你把真相摆在他们面前，这群狭隘势利的机会主义官员，也会视而不见，他们认死了：真理只能有一个，那就是，跟敌人纠缠在一起，永远是政治不正确的。可见，大古拉梅托大夫的命运从开始就已经被决定了。那场晚宴的真相如何根本不重要，也就无所谓一个谜。

卡达莱发现了其中的吊诡与荒诞：你无法叫醒一个装睡的人。但卡达莱的执着，或者说他的写作天才也正在于，明知这是个悖论，他依然要在困境中顽强地思辨。他当然知道此事无解，但如果不通过思辨，他就无法把故事呈现出来，于是他潜下心来，开始一点点讲述大古拉梅托大夫的故事。

小说里没有"我"，卡达莱把自己定位为一个观察者、思考者和表达者。没有"我"，他可以更加冷静，全力以赴地在悖论中突围。这几部小说很容易让人想到卡夫卡的《城堡》和《审判》，它们之相似，我以为更多地体现在抽象的境遇和困境上，在这个意义上，它们可以称为寓言。但当你把卡达莱和阿尔巴尼亚联系在一起的时候，你分明又觉得《破碎的四月》、《梦幻宫殿》和《错宴》具有相当的指涉性，与现实有了暧昧的瓜葛。没错，我猜测这也是卡达莱小说中无"我"的策略。他在写作中把"我"从中剥离出来，是为了在写作之后能更安全地脱身而出；因为他很清楚选择素材和命题的初衷，在倾向性之外，他不愿再授人以柄，被抓个现行。

卡达莱是个终其一生都不得不携带政治胎记的作家。

谈论卡达莱必须将他深植于阿尔巴尼亚的土壤里，从他前期的自我政治化和后期的去政治化的双重努力入手。卡达莱身上体现了一个作家及其文学可能有的高度的复杂性。

翻译家高兴先生在《梦幻宫殿》的译序中说："在我眼里，卡达莱一直是个分裂的形象。仿佛有好几个卡达莱：生活在地拉那的卡达莱，歌颂恩维尔·霍查的卡达莱，写出《亡军的将领》的卡达莱，发布政治避难声明的卡达莱，定居巴黎的卡达莱,获得布克国际文学奖的卡达莱……他们有时相似,有时又反差极大,甚至相互矛盾,相互抵触。因此,在阿尔巴尼亚,在欧美,围绕着他,始终有种种截然相左的看法。指责和赞誉声几乎同时响起。指责,是从人格方面。赞誉,则从文学视角。他的声名恰恰就在这一片争议中不断上升。以至于,提到阿尔巴尼亚,许多人往往会随口说出两个名字:恩维尔·霍查和伊斯梅尔·卡达莱。想想,这已有点黑色幽默的味道了。"

的确,作为作家,作为一个阿尔巴尼亚作家,卡达莱曾经红极一时,似乎也不太像他后来辩解的那样,是"被红"的。他曾是一个积极要求进步的好青年,也曾得到党和政府的特别关照,在相当长的时间里引领风骚,独步文坛。他和阿尔巴尼亚劳动党中央委员会书记恩维尔·霍查是老乡。他的长诗三部曲都发表在阿尔巴尼亚劳动党的中央机关报上,这对从来不发小说和诗歌的《人民之声报》来说,可说是史无前例。1963年,该报以整版的版面发表了卡达莱的长诗《群山为何而沉思默想》,这首抒情长诗描述了英勇剽悍的阿尔巴尼亚人世世代代和枪之间的密切关系。发表的当天晚上恩维尔·霍查就打来了电话,这一年,卡达莱二十七岁。领袖都来祝贺,等于被教皇摸了顶,卡达莱在文坛的地位拔地而起。说他"少年得志"大概一点也不过分。在诗中,卡达莱没有大篇幅地涉及共产党,只是点了一下:"宁静是虚假的现象。/群山期待着领导者率领他们奔向前方。/阿尔巴尼亚在期盼着,/期盼共产党降生在大地上。"

三年后,阿尔巴尼亚劳动党成立二十五周年之际,卡达莱在《人民之声报》上发表了第二部长诗《山鹰在高高飞翔》,抒情的重心转向了党。他满怀激情地描述了劳动党在革命风暴中诞生、壮大的英雄历程。劳动党是梧桐树,人民则为大地:"党啊,/哪里能找到你的影子?/在这古老的国土上,/您像耸入云霄的梧桐树,/把根子分扎在暴风雨经过的道路上……"共产党的建立,是苦难的阿尔巴尼亚最大的喜讯,天地都要为之欢呼,卡达莱写道:"连绵的山啊,/高大的山,/闻讯摇动天地转。/风儿啊,/山把礼品献给你,/请将喜讯快快传……"

又三年,1969年,阿尔巴尼亚迎来了民族解放战争和人民革命胜利二十五周年，卡达莱的第三部抒情长诗《六十年代》又及时地发表在《人民之声报》上。这一次，他放声歌唱阿尔巴尼亚劳动党及其领导者恩维尔·霍查在20世纪60年代国际共产主义运动中的丰功伟绩和历史贡献。三首诗都获得了共和国一等奖。

我在这里不厌其烦地引用卡达莱的诗句，只是想让大家清楚地看见卡达莱自我政治化的努力。他的确成功了。在此后的相当长时间里，他都与劳动党中央和恩维尔·霍查保持着良好的合作关系，甚至把霍查写进作品，不遗余力地歌颂。他的政治嗅觉之灵敏，总能跟上时势的节拍写出符合要求的政治小说，比如长篇小说《伟大的冬天》《冷静》《冬末音乐会》等。毋庸讳言，在他的自我政治化时期，他是一个理直气壮的"歌德派"（歌功颂德派）。问题在于，当政治变天时，卡达莱跟着也变了脸。1990年，苏联解体和东欧剧变波及了阿尔巴尼亚，政局开始动荡，很快劳动党失掉了政权，未雨绸缪的卡达莱带着妻女出走去了巴黎。2005年，他力挫加西亚·马尔克斯、君特·格拉斯、纳吉布·马哈富兹、大江健三郎和米兰·昆德拉获得首届布克国际文学奖，接受采访时说："如果你在很年幼时涉猎文学，你就不会懂得太多政治。我想这拯救了我。"言下之意是，我于政治就是个门外汉，从小跟那玩意儿就扯不到一块儿去。这算华丽转身吗？

事实上，离开阿尔巴尼亚后，伊斯梅尔·卡达莱就开始了漫长的去政治化的努力。他开始跟政治划清界限，不管是作品还是公开场合的言论，他都对社会主义制度、共产主义信仰、阿尔巴尼亚劳动党和霍查本人进行了全盘否定。他开始用小说，以否定的形式对前半生的社会主义经验逐步进行清理。

翻译家郑恩波先生在《亡军的将领》的《译序：阿尔巴尼亚出了个卡达莱》中，谈到卡达莱出版于2001年的小说集《在一个女人的镜子前面》："《在一个女人的镜子前面》是由《带鹰的骑士》、《在一个女人的镜子前面的阿尔巴尼亚作家协会的历史》及《仙鹤飞走了》三部短长篇合成的微型长篇小说集。第一部写的是一个犯罪者从法西斯主义到共产主义所走过的道路。第二部把阿尔巴尼亚作家协会描写成阿尔巴尼亚最黑暗最可怕的一个机关，从而谴责整个社会主义制度。第三部写了一个富有才华的阿尔巴尼亚诗人经历的种种折磨和苦难。人虽然还活着，然而精神上已经死了。这三部小长篇表达了卡达莱对社会主义制度、无产阶级专政、共产主义思想的愤懑和苦闷无奈的心绪。通过三部微型长篇，卡达莱也否定了自己的人生道路。"

我对卡达莱的政治立场本身不感兴趣，对他从"歌德派"摇身一变成为极端否定主义者也不关心，我感兴趣的是他与政治意识形态的复杂关系，以及这种关系对其创作的深层影响。其实，不管是当初的自我政治化，还是去国之后的刻意去政治化，卡达莱都在围着政治打转，在作品中体现出来的，不过一个是积极地迎面示好，一个是刻意回避，把显性的政治隐性化，一部政治小说变成了春秋笔法的寓言而已。在这个意义上再回头看卡达莱的小说，就会发现，他的无"我"恰恰是另外一个向度上的有"我"。《梦幻宫殿》《错宴》等小说，貌似在一个悖论中思辨，实质上有着非常强烈的现实指向，完全可以成为地道的反思集权主义的文学文本来分析。可以设想，如果《梦幻宫殿》

和《错宴》出自卡夫卡之手,对这两部小说的解读可能会是另一番景象,起码我们会觉得,即便只局限在对人的现代性境遇的探讨也不算太离谱,但它们是卡达莱写的,那必须考虑到政治性的"溢出",忽略了意识形态向度上的阐释是不真实的,甚至是无效的。因为卡达莱来自阿尔巴尼亚,像所有的东欧作家一样,他们先天就被打上了政治胎记,不管你愿意不愿意,赞同不赞同。但凡有点风吹草动,你就被赋予了指涉政治现实的微言大义。

在19世纪初的奥斯曼帝国时期,古老的帝国深陷内忧外患,叛乱频仍,没消停的时候。奥斯曼皇宫的外墙上开凿出了一方奇怪的壁龛,看不出做啥用的。某日清晨,壁龛里多出了一颗人头。原来,这地方是用来置放叛臣贼子和败军之将的脑袋的。卡达莱在长篇小说《耻辱龛》中讲述了这个壁龛,该壁龛就名为"耻辱龛"。在这个小说里,帝国正在经历一场前所未有的大规模叛乱,阿尔巴尼亚的帕夏阿里·德·特佩雷奈起兵造反了。不过,耻辱龛中没有等来阿里的首级,走马灯一般换来换去的是兵败边疆的各个帝国将军的脑袋。忽尔希德帕夏临危受命,率兵远征阿里。如果带不来阿里的项上人头，他自己的脑袋就得放进耻辱龛中。以卡达莱惯用的悖论逻辑，结果我们不难想象：忽尔希德帕夏肯定是平息了叛乱，砍下了阿里的脑袋，但同时，他的脑袋肯定也保不住，即使他一身清白两袖清风，也非死不可，要不，耻辱龛的荒诞剧般的悖论从何而来呢？耻辱龛里盛放阿里的人头，这只是一桩事实；而盛放了阿里的人头之后，还要继续盛放忽尔希德帕夏的人头，这才是小说，这才可能是寓言。

这部历史题材的小说，批判性不言自明，奥斯曼帝国皇宫里的这帮家伙实在是太不像话了。该小说就其叙事的难度和思辨的深度，全世界大部分国家的优秀作家都写得出来，我们也会给它做出相应的不同阐释。只是一旦这小说被确认出自卡达莱之手，那么对不起，不管这件事跟卡达莱的阿尔巴尼亚时期相距多么迢递，它都会被指认为是在影射阿尔巴尼亚的集权统治，卡达莱不过是打着古老奥斯曼帝国的旗号，挂羊头卖狗肉。无他，就因为你是卡达莱，就因为你曾经生长在恩维尔·霍查的统治之下。读者和批评家们已经被训练出了强大的"文字狱"的能力。

我相信卡达莱一定不堪其扰，他肯定恨死了政治，和米兰·昆德拉的反感类似，意识形态化的解读遮蔽和窄化了他的小说艺术。但同时，他也一定明白，政治这东西还是帮了他大忙，让他天生具有了正义和道德的优势，以及文学与现实的张力与深度。成也萧何败也萧何，卡达莱可能纠结坏了，但他也只能纠结下去，谁让他有那么多"政治八卦"可供人作互文式解读呢。

离开阿尔巴尼亚的卡达莱毁誉参半，尤其他去法国寻求政治避难，被诟病为祖国和人民的叛徒。在我的理解里，我想在卡达莱自己的理解里也一样，他是把批判与背叛两者区别看待的。他极端的背离与批判只局限在政治层面，对阿尔巴尼亚和她的人民，他还是一颗赤子之心，念兹在兹。他也经常回国，为一个平安、富足的阿尔巴尼亚鼓与呼。1999年科索沃被轰炸期间，卡达莱还身体力行，又是巡视难情，又是给美国总统写信，努力唤起拯救阿尔巴尼亚民族命运的抗争。更重要的是，作为一个阿尔巴尼亚作家，他在有意识地梳理阿尔巴尼亚的历史和文化。他对阿尔巴尼亚的神话、传说、历史与现实的反思和书写，也成就了另一个向度上的卡达莱。在这一块与政治无涉的领域，卡达莱也许缺少了一些更为抢眼的符号性价值，但它肯定为卡达莱收获了更多的读者和理解。在这一类小说里，卡达莱更显出一个艺术家的匠心和丰足，以及与一种深厚悠远的文化之间的血脉关系。这一类小说，比如前面提到的《破碎的四月》，比如《谁带回了杜伦迪娜》。

为了实现生前的承诺，死去三年的康斯坦丁从坟墓里跑出来，把嫁到远方的妹妹杜伦迪娜带回到了母亲的身边。据说这个卡达莱十分偏爱的故事，源于巴尔干半岛的一个传奇，卡达莱在自己的作品中前后三次用了这同一个题材。这个故事被卡达莱放进了阿尔巴尼亚的现实里，问题就来了：死人怎么可能从坟墓里爬出来呢？还千里迢迢把远嫁的妹妹带回了家。是卡达莱设置了这么一个悬念，死人复活了。在阿尔巴尼亚，根据《卡努法典》，许下的诺言必须践行。对康斯坦丁来说，死亡也不足以让他爽约，他掀开墓石，一身潮湿的泥土味赶到妹妹出嫁的中欧小城。然后是漫长的还乡之路，他们只在黑夜跋涉。敲响家门,年迈的母亲问:"谁带你回来的?"杜伦迪娜回答:"是我哥哥康斯坦丁带我回来的。"老太太被吓着了。"你在那儿对我说什么呢?康斯坦丁和他的哥哥在土里躺了三年了。"这回轮到女儿被吓着了。两个受了惊吓的女人在死亡之前谁也没有能力说出真相,康斯坦丁是否曾经复活,并带回了杜伦迪娜,成了一个谜。为了解开这个谜团,上尉、副手、上尉的妻子、大主教、哭丧妇、流浪商人,轮番上场,最终,究竟是谁带回了杜伦迪娜已经不重要,重要的是,活着的每一个人如何去面对那个可能的真相。

当然,习惯于捕风捉影者又从中看到了微言大义,没办法,谁让作者是生在阿尔巴尼亚的卡达莱呢。解读之一种认为:对卡达莱来说,康斯坦丁也只是他进入阿尔巴尼亚的一个小切口,宗教冲突、战争灾难和分裂、闭关锁国的政治现实,以及(尤其是这一条)阿尔巴尼亚与中国的关系才是卡达莱的立意初衷。阿尔巴尼亚的确曾是中国在东欧的好兄弟。好吧,你还真得承认,这并不算太离谱。

尽管如此,我依然倾向于认为,卡达莱更愿意在真实与虚幻、阿尔巴尼亚的历史与精神困境的问题上寻找答案。在涉及阿尔巴尼亚历史、神话、传说的小说中，卡达莱保持了相当的精力在自我政治化与去政治化中辨别"政治正确"做出努力，去辨别自己的国族认同。当他的目光盯住了奥斯曼帝国时，他其实想的是阿尔巴尼亚；当他打量阿尔巴尼亚的历史和神话传说时，他想的是阿尔巴尼亚的现实，是阿尔巴尼亚人共同的精神疑难。

卡达莱不是浑厚辽阔的那类作家，靠的也不是缓慢的渗透、弥漫和步步为营的占领，他迅速、锋利，瞬间的爆发力带来偏执与针扎般的警醒，让你感到某种片面的深刻。这样的作家通常风格化极强，作品的辨识度也很高。这个写出一系列单纯的、精悍的作品的作家，是个纠结、分裂、矛盾，携带了复杂的社会主义经验的阿尔巴尼亚人。

2015 年 5 月 26 日，知春里

## 大江健三郎的审判

大江健三郎二十三岁时发表《掐去病芽，勒死坏种》，《〈掐去病芽，勒死坏种〉审判》（下称《审判》）发表在1980年，这一年大江四十五岁。《掐去病芽，勒死坏种》不是大江写作的起点，在此之前他已经完成了小说《奇妙的工作》、《死者的奢华》和《饲育》；《审判》更不是大江写作的终点，而是正值写作的中期，壮年，其后的三十多年来大江一直笔耕不辍，直到现在（2019年）。但我还是愿意把这两部作品看作大江写作的两个端点，一是这两部作品在内容上一脉相承，足可以在同一条路径上去考察大江的写作；二则，这两部作品基本上体现了大江早期和中晚期作品的艺术和思想特点，至少从中可以梳理出大江毕生创作的大致脉络。

时隔二十二年，重新给一部早期作品续上新篇，且根植于同一事件，主要人物并无大变，甚至续篇恰是对旧作的审判和反思，在整个世界文学史上大约也不多见。大江正是那种第一声啼哭就极为嘹亮的早熟作家，《掐去病芽，勒死坏种》跟《饲育》一样，既成熟地体现了大江早期作品的艺术风格，也比较完整地展示了他的存在主义文学观，同时，他所关注的战争对灵魂、对人性的摧残和异化，以及对战后心灵的重建和日本军国主义与国民性的反思，从这个时候开始，在大江六十多年来的创作中始终一以贯之。在这个意义上，视《掐去病芽，勒死坏种》是大江创作的起点性的作品，应该是说得通的。

《审判》作为《掐去病芽，勒死坏种》的续篇，立场不能说与前者完全相左，但看待问题的视角的确是发生了巨大的变化，叙述视角完全站到了前者的对立面。为什么二十多年后，作者还念念不忘这个一群感化院少年在山谷中短暂生活的故事？显然是他认为有必要从另外一个角度重新审视那段历史。人到中年，他的想法已不再是年轻时那样斩钉截铁，年轻时的果决和快意恩仇是否失之片面和单一？这也当是大江一直自我警惕的。年既长，随着阅历累积，世事锤炼，他的思虑愈加周全，感化院少年的故事有了"审判"和反思的空间与可能。兼听则明，偏听则暗，写作也是如此，他决定换一个视角，在另一个时空下重新讲述一遍当年的故事。当然，他要给重述和反思这个故事提供一个有足够说服力的由头，这个契机就是美国的越战之后。通过一场当下的战争反思当年那场战争，再没有比这种互文式的背景更具说服力了，因为美越之战本身就"自带流量"。

写作《审判》的大江，依然是当年那个有"韧"的战斗精神的大江，有立场有观点有决断，但更开阔更宽容更全面，更具国际化的视野，思想和行文也更体贴，他有足够的耐心和能力去作换位思考，由此也更悲悯。所以，他才能在《审判》中重新发现村民们的恐惧，也尽力去理解"反·弟弟"当年带领美军返回峡谷村庄时以"哥哥"冒充"弟弟"的原因："反·弟弟"觉得"太可怕了"。《审判》中呈现出来的主题和思考方式乃至写作风格，已然昭示出大江其后三十多年的写作。他的主题一以贯之。他作品中的思辨和复调，他的思想者呓语一般的行文风格，他的强烈的问题意识，以及为了解决问题不惜牺牲小说应有的可读性、故事性和趣味性，在《审判》中已经表现得相当明显——就作品呈现出的风格样态看，说它与晚期的《空翻》《水死》等小说的写作同处一个时段，可能也不算太离谱。

从这个角度上说，《审判》尽管是大江的中期之作，在一定程度上，已经具有了所谓的"晚期风格"。而《审判》的前传《掐去病芽，勒死坏种》，与之相比，更丰润，故事性、可读性更强，小说这一文体的诸般特征更明显，或者说，更接近常规意义上的小说形态。这也是他早期创作中将其风格集大成者之一。到了《审判》，强烈的倾诉欲望和自我辩难的冲动不可遏抑,力量之大,几乎到了让大江不惜牺牲小说基本面的程度。对他来说,是不是小说已经没那么重要,或者说,"形式主义"上的那个小说他已经不那么看重,他要突破,他要创造出一种新的"小说",艰涩,烧脑,更多依靠对话和思辨去推动小说运行,而非像过去那样倚重平易近人的故事和细节。写什么和怎么写在大江此时的文学天平上,有了截然的高下之分,写什么远远大过怎么写。原因之一或许是,大江的晚期小说作品更像边界模糊的跨文体写作,甚至是打着小说旗号的随笔和政论。

如此说来,《掐去病芽,勒死坏种》和《审判》或可以大江写作的两个端点视之,起码具备了这种样态与可能。

细读两部作品,会发现两者间存在着非同寻常的互文共生关系。其互文,固然是因为两部作品的内容一脉相承,甚至《审判》完全是寄生在《掐去病芽,勒死坏种》的文本之上,更在于,《审判》是《掐去病芽,勒死坏种》的强劲反转。两部小说中,感化院少年与峡谷中的村民都是对立的双方，《掐去病芽，勒死坏种》中，大江用的叙述者"我"是闯入者感化院少年；到《审判》中，叙述者"我"则是当年村民的孩子。不同的叙述角度和立场，让两部小说批判和反思的角度与问题呈现出了巨大的差异。

前者站在感化院少年的角度，批判大疫来临，村民不顾外来少年的安危，孤立、隔离和抛弃他们，弃少年们的生死于不顾，唯求自保，转移到别处避疫逃亡。而后者，则是站在村民子弟的视角和立场，为当年村民的行为作具体语境下的合理化解释，即，他们为什么抛弃那一群感化院少年？因为他们也有深刻的恐惧：瘟疫，战争，军国主义的高压与威胁，战败后身份认同和主体感的丧失。一旦面临陌生的闯入者，恐惧让他们的防卫和排外意识迅速膨胀，为保全自我而激发出来的人性恶也就更加剧烈和醒目。就身份而言，感化院少年是弱者，是被侮辱与被损害者，村民们同样也是，他们的感受甚至更强烈。

二十二年后，大江决定重新勘察村民们的内心。事件双方本就该有平等和充分的自我表达之权利，这才是对历史负责任的态度。而这种真诚、坦荡、中正地体察历史的态度，确是大江中后期作品的一个基调。相依共生的先后两部作品，其变化正见出了大江创作上的分野。由此，或可说，这两部作品亦堪为大江前后创作的标志性样本。

就文本本身而言，《审判》较之前者，复杂程度亦不可同日而语。《掐去病芽，勒死坏种》中，哥哥是感化院少年的头头，弟弟追随哥哥来到感化院，一起被疏散到了峡谷的村庄里，兄弟手足，其情甚笃。如果带着这个印象进入《审判》，你会想当然地认为《审判》中的哥哥和弟弟就是感化院少年的哥哥和弟弟。小说开篇，作者即极具诱导性地写道："这是居住在美国的弟弟用英语写给我的像报告书一样的信。关于与这份报告相关的前情事件，我曾写过一篇小说。""这篇小说"是什么？当然是记录了"相关的前情事件"的《掐去病芽，勒死坏种》。"我"是谁？当然是感化院少年"我"。

但继续读下来，我总觉得哪里有问题，尤其当"反·弟弟"出场后，人物的身份开始混乱。"弟弟"的描述和议论怎么看都不像是那个被大水冲走的感化院少年弟弟；"反·弟弟"的立场和态度，怎么解释成当年躲在人群里的某个村庄男孩都不合逻辑。如果他是"反·弟弟","反·弟弟"的哥哥是谁?而"反·弟弟"表现出来的喧嚣、狂傲和暴烈,在"前情事件"中的村庄孩子身上找不到任何蛛丝马迹。在纠结、犹疑、感觉混乱和不断自我否定的阅读中,一直读到"然而被泛滥的河水冲走的'弟弟'竟然活了下来,还坐着占领军的吉普,带着美国人一起回来了",我才意识到,我可能把人物的身份给弄颠倒了。《审判》的作者"我",跟《掐去病芽,勒死坏种》的作者"我",既是同一个"我",也可能不是同一个"我"。继续读下文,读到这句:"哥哥,我发现自己那么害怕'反·弟弟'追问我逃亡期间的经历。我们那队人在腐坏中穿行,甚至不惜自我腐坏,而后重新向着新生活进发,但即便如此……"我才确信两部小说的作者"我",是村民的孩子而非感化院少年的那个头头。《审判》将至结尾,弟弟果然在信中挑明:"哥哥,年轻时的你曾把战争末期我们村子里发生的事写成小说……"

——人物在两部小说里作了角色互换。"哥哥"非感化院少年哥哥,"弟弟"也非感化院少年弟弟;那么"反·弟弟"呢，就是那个坐着美国人的吉普车返回来控诉峡谷村民的一度被大水冲走的感化院少年弟弟。但真的是那个弟弟吗？行文继续："带领进驻军回来参加民主审判的并不是'弟弟'"，而是那个"弟弟"的哥哥！这就有意思了。

且看其中的对位互换：

先是《审判》中的哥哥、弟弟非《掐去病芽，勒死坏种》中的哥哥、弟弟，"反·弟弟"才是感化院少年的"我"的弟弟；接下来，村庄中的弟弟发现"反·弟弟"并非感化院的"弟弟"，而是感化院的"哥哥"。又一次实现了剧情反转。

这正是大江中后期作品思想和艺术的复杂性表征之一。他有足够宽阔、复杂和深邃的思想，他也有足够复杂、精深的写作技巧，唯其如此，才可能让读者在进入《审判》时一度迷失在人物的身份辨识中，也才有可能在剧情过半，突然艺术地实现"反·弟弟"与"哥哥"身份的陡转。那么，接下来的问题是：为什么"哥哥"充当原告重新返回峡谷参加民主审判时，要以"弟弟"的身份冒充之？照常理，直接亮出哥哥的身份，"你和占领军开进峡谷的时候，应该就可以就你'弟弟'的死来追究村子方面的责任了吧？""要是作为死去的孩子的至亲告发的话，一定会成为切实有力的谴责吧。占领军的人们一定会支持你。"但是哥哥不这么干，他要冒充弟弟——"因为太可怕了"。

已经有了占领军作靠山，"身处如此特权的位置，他究竟惧怕什么呢？""其实是源于对我们村子本身的惧怕。"而扮成被大水冲走的死去的"弟弟"，借助"御灵"的力量，他才可能获得重返和直面村子的勇气。因为战争结束了，但恐惧并未结束；因为在战后，每个人身上仍然持续着一个人的战争。

借助"反·弟弟"的恐惧，大江想要解决的问题是："身处如此特权的位置"的"反·弟弟"当年都恐惧，甚至这个恐惧一直持续到他成年以后的今天，那么，推己及人，身处被告位置的村民，更有了恐惧的理由，他们在那个语境中的所作所为，也就有了被理解的可能。审判是必要的，但审判之外还要给予理解与悲悯充分的空间。作为村民，"我们承认这一罪行"，但也应该得到必要的宽容和理解，在这场战争中，每个人都是受害者。恐惧深入了每个人的骨髓:"审判是在席卷全村的巨大恐怖中开始的。战后不久传出的'成年男人全部去势,女子全部强奸'的流言蜚语……"而"这次审判之后,峡谷里所有人都会被送进夏威夷集中营这一消息,还是以各种各样的形式深入到了村里人的心中"。峡谷村民经受的恐惧,较之感化院少年,并不可谓不深重。

为了更宽阔地理解特殊时期的世道人心,大江重新讲述了峡谷中感化院少年的故事。在这一次讲述中,他使用了对位互换的角色变化,一波三折地逼近了历史现场。自《掐去病芽,勒死坏种》到《审判》,大江的写作,在文学观、风格、艺术和对现实与历史的思考,显然经历了巨大的变化,而此等变化,纵观大江整个创作,也堪为标识,如同某一种意义上的两个端点。

2019 年 3 月 19 日,安和园

## 当我走过窄门

很多年前看纪德的《窄门》,很喜欢,像喜欢黑塞的很多小说一样。两位作家都喜欢探讨精神问题,那么干净纯粹的精神、信仰,节制、隐忍,那么形而上,哪个自诩有点想法的大学生不喜欢呢?那时候我还不知道生活的庞杂和作为个体的人的丰富与复杂,确信精诚的力量,你可以把人生的高度设置得无限之雄伟,只要一门心思去做,就能揪着头发把自己拔离地球。而一门心思去想那些至纯、至远、至高的事,分明就是一个年轻人不可推卸的事业。这两年因为眼睛稍恙,尽力少费眼神,以听书代替看书,在听书软件上偶然找到《窄门》,下载了听起来,结果完全找不到当初的感觉了。一路听下来,尽管大致情节还有一点记忆,但仍忍不住一直着急,阿丽莎,你非得这样吗?

杰罗姆与表姐阿丽莎相爱,天作之合,世俗的情节里他们必定有情人终成眷属。可阿丽莎为了维护他们爱情的纯洁,渡杰罗姆穿过那永生的"窄门",清教徒一般绝情寡欲,以此来求得"生命的喜悦"。为此她积忧成疾,早早地耗干了自己。她的早逝孤独又绝望,我听见了她生命的枯索与悲哀。她顽强地相信"引到永生,那门是窄的,路是小的,找着的人是少的",所以她必须孤绝和纯粹。她不相信通往窄门也可以有宽阔的大道,似乎也并未期待窄门之后也有宽广的世界。她努力删掉自己的一大半,只留下精神、精神,纯粹、纯粹。

但我们知道,人除去精神,还有肉身;除去精神的欣悦,还有身体的欢愉;除去孤悬一线的"圣洁"与"纯粹",还有宽阔丰足的烟火和日常——人之为人,不仅仅是个大脑,还有脖子以下蓬勃的生命;世界之为世界,不唯需要辽远的星空,还要有草木、江海、野马与尘埃。我们不能时刻携着精神的过滤器生活。甚而可说,唯有具备了穿越蓬勃肉身和大千世界的能力,方有资格跨越那道真正的"窄门"。"窄"从来就不是目的,它只是一个形式,提醒我们要对繁复和芜杂进行一场卓有成效的收束与删减,其"窄",是为了进门之后更好地、有秩序地丰满与富足起来。跨过"窄门",当知穿越时的窄险艰难,也当知门前门后皆须有丰富辽阔的凡俗世界。

阿丽莎的窄门过得让人唏嘘心疼。倘若真有来生,愿阿丽莎有条从容放松的生命之路。我相信她一定会重新打量这一道门:门后有生命的喜悦,门前何尝没有。

面对人生的窄门如是;面对文学的窄门,亦如是。

去年年底我出版了一部长篇小说《北上》,跟京杭大运河有关。从 1900 年义和团运动、八国联军进京,北运河血可漂橹，写到 2014 年 6 月从多哈传来大运河申遗成功的好消息，时间跨度一百一十四年。空间跨度也不小，主人公意大利人小波罗从杭州出发，沿运河一路北上，到达通州，即将看见此行终点的标志性建筑燃灯塔时，病逝于船上，他生命最后的历程也是整个京杭大运河的长度，一千七百九十七公里。一百一十四年不算短，足够晚清以来的中国历史着实地壮阔和跌宕一番；一千七百九十七公里也不算短，足够大运河连通东西走向的五大水系，穿过四省、两个直辖市、十八个地级市。如此巨大的时空跨度，对一部作品来说是好事，浩浩荡荡的时空细节，不愁没故事可讲；但这样的跨度又给写作制造了更大的难度，不是捡到篮子里的都是菜，你得约束和提纯，你得给它一个可靠的结构，你得让它顺顺当当地穿过那道艺术的"窄门"。

"窄"之前肯定要"宽"，"窄"之后同样也得"宽"。如何"宽"，又如何将前后的"宽"统一在中间的"窄"里，是我写作这部小说的思虑所在。

京杭大运河我不陌生。多年来生活在河边，在大运河边也生活过数年，对它的历史沿革与气息脾性不能算不了解。但真要一板一眼去写，了解是不够的，要坐得了冷板凳，让了解升级为理解。读万卷书，行万里路，我就这么干，上上下下把运河走了一遍，凡欲涉笔处及心生疑难的地方，反复去走。田野调查一直是我虚构写作的法宝。百闻不如一见，下过笨功夫，接了地气写起来心里才踏实。大运河实有其名其地，弄不了虚作不了假，它的历史也白纸黑字放在那里，更不可以胡作非为。路走了，书还要看。路越走越长，书也越看越多，因为一条路总要岔到另一条路上，一本书也总能引来另一本书。有一段时间，我隐隐感觉到了面对各种资料的"灭顶之灾"，不过面对一架子精挑细选出来的相关书籍，也顿生半个运河专家的虚荣感。田野调查中的发现和疑问，我到书中求证和解惑；读书过程里积下的迷惑，再去实地勘察中找答案。如此互证和反复。这些辗转相当折腾，但你会感到美，心中和眼前逐渐宽敞明亮的美。这种美的感觉也是我坚持下来的动力。

读了书，走了路，大运河在我的想象中丰满了起来，也变得更加曲折绵长，起码在我动笔时，它在我头脑里绝不止一千七百九十七公里，总得翻上一两番吧。这是个好兆头，说明我对它的掌握超过了小说中所需要的量。写完《北上》，我把相关资料整理了一下，发现大运河多出来的这一圈有同一个出处，就是它的"周边问题"。

何为大运河的"周边问题"？在我的理解里，就是那些小说里永远也不会涉及，但对我理解和写作这条大河有一定启发和照亮功能的"问题"。京杭大运河连通五大水系，从南到北分别是钱塘江、长江、淮河、黄河、海河，它们跟大运河是什么关系？跟运河比，何为它们的"是其所是"？这些独特性对我理解运河有什么帮助？为此，我把五大水系的相关资料也翻阅了一遍，还参阅了灵渠和都江堰的前生今世。

历史资料也如此。小说只写最近的一百年，但我在准备的过程中意外发现了不少兴奋点。比如两千多年来被定格在运河上的历史人物，吴王夫差、隋炀帝杨广、元世祖忽必烈、马可·波罗、漕运总兵陈瑄、南旺水利枢纽的设计者白英等，以及对近代政治和文化产生了重大影响的历史人物：龚自珍、慈禧、光绪、康有为、梁启超、袁世凯等。在沿途考察和阅读史料中，我又生出另一个头绪，对运河史迹和资料中出现的书法作品有了兴趣,一会儿去网上搜索,一会儿去图书馆复印,加上现场拍照,手头上竟也积累了一大堆。这些都难以在小说有限的篇幅中一一尽数,但对我宽阔、立体地理解大运河打下了坚实的基础。

就材料与文学的关系,我常想到雕刻。问题与周边问题共为一块原料,雕刻家因艺赋形,周边问题最终被剔除,但抛弃不代表它们没价值。它们是无用之用。《新序·杂事》里说,皮之不存,毛将焉附。皮当然重要,但没有毛,皮也难成为皮。一部小说的问题与周边问题,正是进入窄门前的那个宽阔的世界,自然、丰足、蓬勃、元气淋漓。进入窄门,即如雕刻家的删繁就简,作家要在这些汪洋恣肆的细节、故事和想法中建立可行的逻辑。"窄"即化约,需要纯粹和升华,但这化约、纯粹和升华并非意味着无限地压榨世界和人物的肉身,让他们成为失去血肉的抽象符号和逻辑,相反,要让他们成为更具活力的肌体,如同肥胖者进健身房,为的是把自己变成体魄强健和身形优美的鲜活的人。健身之后是另一种"宽",雕刻完成也是另一种"宽",去除了周边问题之后的问题也是另一种"宽":

更凝练更有效也更科学有力的"宽",强大的精神寓居于合理丰沛的肉身之中的"宽"。这种穿过了"窄门"之后的"肉身",将具有更强大的精神力量。

《北上》付梓,跟每一部小说完成后一样,我不可避免地陷入茫然和惶恐。我总怀疑,四年时间做这一件事,值吗?当这本书放到读者面前,他们会怎么看?有天晚上戴着耳机悲伤地散步,边走边听《再说长江》节目的音频,突然听到片头中一颗水珠滴落的声音。那声音饱满、明净、硬朗,如同闪着张艺谋镜头中高分辨率的清晰的光,滴答,环绕立体声,整个世界被一滴水降落的声音充满。接着是另外一个声音,一个小姑娘在长江边跑动,一边跑一边奶声奶气咯咯地笑,笑声清新、干净,散发出青草、溪水与上午阳光的气息。我没来由地感动了,为这世间两个"无所用心"的细节。导演在片头让一滴水和那个小姑娘出场,当然是匠心独运,但不吐一个字,他只是让一滴水圆满地降落,让一个小女孩天真烂漫地带着生命的本能嬉笑。足够了,我的眼泪哗地流下来。没有高深的布道,没有象征、寓言和微言大义,人世间两种自然鲜活的声音如实呈现出来足矣。我突然就释怀了，如果你能被这滴水和这个女孩的笑声感动，哪怕只为这两声天籁之音感动，《再说长江》不也就值了吗？那么《北上》，假若读者在这浩浩三十万字中，也能有某个瞬间被一两个细节感动，只一两个，《北上》不也就值了吗？

这是自然与鲜活的肉身和细节的力量，谁能说，这肉身和细节就不是精神？日常与肉身的丰沛之宽，与那纯粹、向上、精严的精神与信仰之窄并非绝然矛盾，它们可以互为彼此、相得益彰。

多年后再读《窄门》，我已经周身上下被生活浸透，也乐意宽阔、坦诚地面对日常。一个人当有所信有所执，但执非偏执，信亦非顽固和画地为牢。我以为好的人生应该自然、丰沛，汁液富足，而非强行把自己过成一张相片。我也以为好的文学当宽窄有度、饱满湿润，弹性十足且元气淋漓。这是我理解的生命与文学的"喜悦"。愿阿丽莎安息。

2019 年 8 月 2 日，安和园

奥尔罕·帕慕克:"帝国斜阳"的书写者

一、在两种文明交汇的地方

1. 在东方与西方、神圣与世俗之间

喜欢外国文学的朋友,应该都知道奥尔罕·帕慕克,他是 2006 年诺贝尔文学奖的获得者，也是当今世界最负盛名的土耳其作家。1952 年，帕慕克出生于土耳其的伊斯坦布尔，他写了很多国内读者耳熟能详的作品，比如《我的名字叫红》《我脑袋里的怪东西》和《伊斯坦布尔：一座城市的记忆》。

帕慕克几乎所有的作品都被翻译成了中文，包括他的散文集，我们都可以在书店里找到。尽管国内对帕慕克的译介只有十几年的时间，但相关的阅读和研究却比较充分，这不仅得益于帕慕克较高的创作量，也得益于他的作品有着比较鲜明的个人风格，既深邃隽永，又浅显易懂。

帕慕克大部分时间都生活在伊斯坦布尔，而伊斯坦布尔是一座非常有意思的城市。它地处亚欧之间，被博斯普鲁斯海峡分成东西两半，东部留在了亚洲，西部则位于欧洲。特殊的地理环境使得伊斯坦布尔成为了连接东方文化和西方文化、伊斯兰文明和欧洲文明的重要枢纽，也让土耳其在很长一段时间内都试图"脱亚入欧"。土耳其复杂的历史和地缘政治也给帕慕克的写作带来了很大影响，他的很多作品都集中体现了亚欧文明、东西文化之间的差异和冲突。

除了文明的交融与冲突,土耳其也长期面临着宗教权力与世俗权力之间的矛盾。土耳其奥斯曼帝国在历史上是一个政教合一的、信奉伊斯兰教的国家,凯末尔的现代化改革则一度促成土耳其国家的世俗化。在凯末尔执政期间,他培养了一批世俗化程度较高、在思想和行为上都受到西方文化影响的土耳其上流社会子弟,帕慕克的家族就属于这一上流社会。因此,帕慕克的小说在书写东西文化差异的同时,也在很大程度上涉及了伊斯兰教信仰和世俗生活之间的关系。

如果考察一下 20 世纪末到 21 世纪初诺贝尔文学奖得主的情况,可能会发现一个共同点:这些作家大部分都身处两种文明之间,他们所处理的题材,大部分也是两种文化的冲突。例如英国作家奈保尔,他的祖籍在印度,出生在中美洲的特立尼达和多巴哥,后来定居英国。从第三世界来到第一世界的经历使得奈保尔格外关注两种文明之间的冲突,这也成为了他文学创作的核心命题。还有日裔英国作家石黑一雄,他从小随父母定居英国,接受的是英式教育，但他无法完全摆脱日本文化的影响。因此，石黑一雄的很多作品也体现了英国文化和日本文化之间的错位和交融。

与奈保尔和石黑一雄类似，帕慕克也是一位在文明交汇处写作的小说家。2008年，帕慕克到访北京，中国社会科学院专门就他的作品举办了一个研讨会。在会上，我国作家莫言发言说，帕慕克的作品非常丰厚，正如在大海里两种洋流交汇的地方盛产鱼类，两种文明交汇的地方也会产生伟大的文学作品。这一比喻非常有趣，也反映出当代世界文学创作的跨文化趋势。东西文化的汇聚与神圣和世俗之间的矛盾，为帕慕克的写作赋予了丰厚的底蕴，也使得对"差异"的书写成为了帕慕克小说的重要主题。

## 2. 借由书本，想象另一种生活

帕慕克作品的特点与他个人的出身有很大的关系。帕慕克是土耳其上流社会的子弟，从小接受的是世俗化的西式教育，过着非常优渥的生活，这就决定了他不可能有太过复杂的人生经历，他在本质上是一个"书斋里的作家"。如果按照今天的理论，文学来源于生活，一个作家应该全身心地扑到生活的泥潭里，从中找到故事，找到思想和表达，那么帕慕克显然不具有这种典范意义。但生活视野的局限并没有折损帕慕克作品的魅力，相反，它使得帕慕克可以借由书本上的各种虚构和非虚构的情境想象一种与现实不同但同样具有现实感和代入感的生活。

在一个作家的创作中，对生活的占有到底多大程度上能够左右一部作品的质量？这的确是一个值得深入思考的问题。毫无疑问，与现实的碰撞与接触是一部作品获得深度和广度的重要条件，但并非所有伟大的作品都来源于对现实的观察、模仿和呈现。在文学史上，有很多伟大的作家通过书本创造出了比现实更深刻也更精彩的世界。例如阿根廷作家博尔赫斯，他一生基本上都待在书房里，是一个书虫。五十岁的时候，因为有家族遗传病，博尔赫斯成了一个盲人。但就是这样一个看起来几乎没有任何现实生活、只有纸上生活的作家，却写出了很多不朽的作品。

这可能对很多作家也是一个启示，拥有丰富多彩的生活固然很好，它让我们可以利用自己的经历和经验去写作，但如果没有，也是有方法的。我们可以把来自其他人的二手生活、三手生活转换为一手生活，可以把纸上的生活，把阅读得来的生活，把道听途说得来的生活，转化为自己的创作资源。这对作家提出了更高的要求，它需要作家具有把他人的生活同化为自身经验和创作的能力。

作为一位优秀的作家，帕慕克能够对他人的生活感同身受，他有身临其境的想象力，也有足够体贴的同情心，这些都使得他能够塑造出和自身截然不同的人物形象。他可以像沈从文说的那样，贴着人物写，充分进入人物的内心，沿着人物的性格逻辑和故事发展的逻辑往前走。这是他作为"书斋里的作家"创作出"纸上不朽生活"的奥义和法宝。

### 3. 帕慕克的实证主义写作方法

大量的阅读、丰富的想象力和极强的同理心固然为帕慕克这位"书斋里的作家"打开了感受和书写另一种人生的大门，但仅有这些还不足以支撑其极富现实关怀与历史视野的长篇小说写作。除了从书本上汲取素材和灵感，帕慕克在创作过程中还充分借助了影像资源与社会学田野调查的方法，这也使得他的创作具有鲜明的实证主义倾向。

我有幸见过帕慕克两次，印象中他总是手里拿着一个相机或录像机边走边拍。我曾经对帕慕克的这一行为感到奇怪，后来才明白那是他收集创作素材的一种方式。在一次访谈中，帕慕克说："我去过世界上很多国家，见过很多博物馆，每一个我感兴趣的博物馆我都会拍下来、录下来，然后把我感兴趣的这些材料拿回家以后，在播放器上反反复复播放。"他一遍又一遍地观看那些素材，希望能够从中得到启发。可以说，他的拍照和摄影并不是一个观光客的做法，而是一个作家在收集资料，他以影像为媒介去触碰一种更广阔的人生，以便将其作为后续写作的材料。

除此之外，社会学意义上的田野调查也成为这位学者型作家接触广阔现实的绝佳途径。帕慕克的作品一直以细腻著称，他的长篇小说大部分都是大部头，基本上都在二三十万字以上。这些作品都有一个共同点，即对细节和具象的描写非常用力。较长的篇幅和对细节的关注，对一个作家的描写能力和观察能力提出了极高的要求。在帕慕克那里，细节描写并不全是从想象中得来的，而是建立在大量查阅资料的基础之上。在写作一部长篇小说前，帕慕克总是要就故事发生的背景和种种历史细节进行细致的求证。例如，在写作《我的名字叫红》时，帕慕克就查阅了大量与奥斯曼帝国细密画派相关的文献；在写作政治小说《雪》时，他亲自到小说中土耳其东北部的小城卡尔斯考察，以期获得对土耳其边境城市的直观印象；在写作《我脑袋里的怪东西》时，帕慕克也对土耳其走街串巷的底层小贩进行了实地走访。这些实证工作为帕慕克的创作提供了丰富的素材和细节，同时也拓宽了帕慕克作为一名作家的视野和眼界。

帕慕克的实证主义写作方法也为当代作家的创作提供了可以借鉴的经验。很多作家在落实细节方面都不太尽如人意，他们没有耐心通过细节去构筑一个完整的世界，往往写着写着就飘起来，只会非常概括性地写"我吃了一顿好饭"，这样的表述在帕慕克的作品里极少出现。当他要写"一顿好饭"时,他会写"我吃了一桌什么样的菜,有几个菜,每个菜如何,它的特色是什么……"当你知道帕慕克"吃了一顿好饭"的时候,你同时也会知道他吃了什么菜,甚至能清晰地看见每道菜的样子和饭桌上的所有细节。实证主义的倾向让帕慕克的思考具有相当的形象性,在他的小说中,即便是抽象的道理也往往会借助具体的形象表示出来,这也是帕慕克在细节描写方面的过人之处。

同时,田野调查对当代作家来说也是一件极为重要的事情。随着世界变得越来越丰富,文化越来越多元,一位作家无论有多么专业的素养和多么高超的写作技巧,在写作时也会发现他所了解的只是这个社会非常偏僻的一角,他对于更广大的世界其实是陌生的。因此,如果要书写更广阔的社会图景,除了做足案头工作、查阅相关的资料,还要做好田野调查。正因为有了田野调查,帕慕克的作品才能够如此吸引我们,让我们产生亲切感和真实感。这种习惯对当代作家来说尤其难得,但又必不可少。

文学理论中长期存在着关于"生活与创作之关系"的争论,帕慕克的创作为这种争论提供了一种合理的回答:

生活是创作的土壤,但并不是创作的全部,而一位优秀的作家往往具备点石成金的魔力,他能够用二手的材料构筑一个比现实更真实的世界。

二、帕慕克小说的三重面向

1. 帕慕克小说中的结构意识

在成为一名职业作家之前,帕慕克曾在伊斯坦布尔科技大学修读建筑学,他一度也希望自己能够满足家族的期待,成为一名建筑方面的人才。然而,在大学三年级的时候,帕慕克却突然放弃了成为一名建筑师的想法,转而投向了小说写作。建筑和写作看起来天差地别,实际上却存在着很多隐性的联系。建筑学对空间和结构的关注对帕慕克的写作有很大的帮助,它培养了帕慕克的结构意识,使得他的小说在结构上呈现出非常鲜明的后现代色彩。

提及文学创作中的结构主义,我们第一时间想到的一定是秘鲁作家巴尔加斯·略萨。略萨的小说深受毕加索立体主义绘画的影响,在结构上呈现出多视角、多声部的特点。他的每一部长篇小说都有一个与众不同的结构,在形式上也多有标新立异之处,这也让略萨获得了"结构主义大师"的称号。

与略萨一样,帕慕克也是一位非常擅长在结构上做文章的小说家。在小说《黑书》中,帕慕克在主线情节里穿插了很多专栏。这些专栏故事不仅增加了主人公卡利普寻找妻子如梦失踪真相的难度,也为读者制造了一个真假难辨、虚实相间的叙事迷宫。读到最后我们会发现,那些由如梦的堂兄耶拉写作的专栏,有一些其实出自卡利普之手,而卡利普也在扮演耶拉的过程中逐渐"变成了"耶拉。这种结构上的巧思,其实早有先例,略萨的长篇小说《胡利娅姨妈和作家》和卡尔维诺的《寒冬夜行人》(又译为《如果在冬夜,一个旅人》),也有在故事中间穿插其他故事的结构。帕慕克的《黑书》在结构上继承了这一脉络,同时又加入了侦探小说的元素,并在此基础上深入探讨了自我与他者的关系。

在《我的名字叫红》中,帕慕克则采用了多声部的叙述手法，这部作品受到福克纳长篇小说《我弥留之际》的影响，通过让不同的人物乃至一幅画、一棵树从自己的视角出发去讲述"一桩事先张扬的谋杀案"，帕慕克以搭积木的方式呈现了奥斯曼帝国时期伊斯坦布尔城的全景图，其中也涉及东西方文化的矛盾与冲突。

除了叙事线索和视角的多样化，帕慕克在小说结构上还进行了诸多创新。例如，小说《雪》采用了对称式的叙事手法，最终呈现出雪花般的结构，而书中主人公卡写作的长诗《雪》，最后的结构也是一枚雪花。在小说《纯真博物馆》中，帕慕克甚至放弃了以"人"作为故事的讲述者，而是以女主人公芙颂的各种物件为线索，构筑了一段注定没有结果的爱情。透过凯末尔为芙颂打造的纯真博物馆，透过芙颂用过的口红、戴过的耳环、穿过的鞋子乃至丢弃的烟头，我们不仅能够窥见这位土耳其下层少女的灵魂深处，也能够瞥见伊斯坦布尔这座城市的古老、失意与颓唐。

类似的结构创新也体现在《我脑袋里的怪东西》中，这部小说的每一章都至少分为两部分，第一部分是其他人物以第一人称进行的叙述,第二部分则以第三人称讲述主人公麦夫鲁特的故事。这样一种结构上的安排,为小说赋予了几分说书的味道,通过第一部分的自述,读者可以了解每一章的故事大纲,为之后更仔细、更深入地理解故事做准备,而穿插式的叙述模式也避免了单一叙事给读者造成的审美疲劳,让小说的结构变得摇曳多姿。

清代诗人袁枚曾说:"文似看山不喜平",这句话也同样适用于小说。一部小说如果采用流水账式的叙述手法,缺乏任何结构和视角上的变化,必然会引起读者的审美厌倦。相反,小说在结构上的巧妙构思能让读者在阅读过程中不断体验到新鲜感,而情节的不断跳跃与闪回,也充分调动着读者的积极性,让读者从被动的接受者转变为主动的参与者,最终给读者带来内容和修辞之外的另一种审美愉悦。从这个角度来看,帕慕克至少能给我们提供一些结构上的启示。

一位好作家不能让自己像车间工人一样,每部作品都套用同样的模板、遵循相似的套路,他应该尽最大努力去创新,要让作品全方位给读者呈现新的审美经验。这种创新既包括故事和想法上的创新,自然也包括结构上的创新。在这个意义上,帕慕克是一位好作家,他没有任何两部长篇小说的结构是一模一样的,这不是一件偶然的事情。他在小说结构上花费的很多心血,都体现了他强大的创造力和较高的艺术追求。

2. 帕慕克的城市书写

文学作品中从不缺乏对城市的描写,从狄更斯的伦敦、乔伊斯的都柏林,到德里罗的纽约,不同时代的作家总是会从自身的经验出发对城市的演变和发展做出即时的反应,这其中自然也包括帕慕克对伊斯坦布尔的书写。除了少量作品,帕慕克几乎所有的作品都以伊斯坦布尔为背景,而且大都发生在伊斯坦布尔的尼相塔什区。尼相塔什是帕慕克家族生活的地方,也是伊斯坦布尔的老城区。帕慕克对这座帝国斜阳式的城市有非常深的感情,他甚至使用了一个专门的词来表达因古城衰落而产生的忧伤之情,这个词就是"呼愁"。

"呼愁"源自土耳其语，其意思接近于中文语境中的"忧伤"，但相比于单纯的"忧伤"，"呼愁"有着更为丰富的含意。伊斯兰文化中的"呼愁"有两种截然不同的来源，一种源自世俗情感，用来形容人对世俗享乐和物质利益投入过多时产生的失落之情；另一种源自苏菲派的神秘主义，指由于不够接近真主安拉而产生的空虚和哀痛。而在帕慕克看来，"呼愁"从根源上是由奥斯曼帝国毁灭后的城市历史引起的，它不仅仅是一种文学意象，同时也是伊斯坦布尔居民看待其生活与生命的共同方式。这种文学化的解读，使得帕慕克能够脱离"呼愁"在土耳其文化语境中的特定用法，而将其与个体的城市体验联系起来。可以说，帕慕克所有的作品里都弥漫着一种淡淡的忧伤，这就是"呼愁"的气息。

帕慕克与伊斯坦布尔这座城市的关系，值得很多当代作家去揣摩。伊斯坦布尔是帕慕克生活与成长的地方，也是他文学创作的根据地。很多当代作家在写作时习惯于"打一枪换一个地方"，一直在追着故事跑，却很难为自己找到一个可靠的、丰厚的文学根据地。他们可能写了很多作品，却很难从作品中抽象出某种具有象征意义的地理符号。文学根据地的缺乏也让他们对这个世界、对故事背景的书写缺少了一个可供挖掘的维度。

一部文学作品想要获得深度和厚度，在很大程度上需要作者在一块土地上长久坚定地扎根下去，帕慕克对伊斯坦布尔的书写就是这样一个逐渐"扎根"的过程。他在作品中一遍遍讲述与伊斯坦布尔有关的故事，这些故事带出了这个城市的过去、现在，乃至他对这个城市未来的想象。他的作品序列不仅描绘了笔下人物丰富细腻的日常生活世界，同时也带出了一段完整的城市历史。而伊斯坦布尔这座帝国斜阳式的城市，无疑也是奥斯曼帝国从兴盛到衰败的一个缩影，在这个意义上，帕慕克对一座城市的书写就凝结着他对更广阔的国家历史的关注与思考。

好的作品应该像一棵树扎根在大地上，当你摇撼这棵树的时候，整个大地都在震颤。一个作家也应该像帕慕克那样，让自己的作品与它所依托的现实建立可靠的、水乳交融的关系，唯有如此，一部作品才能有扎实的基础和向上延展的空间。

### 3. 帕慕克的爱情描写

除了城市书写，细腻动人的爱情描写也是帕慕克小说一个鲜明的特色，这也是帕慕克的小说格外吸引人的原因之一。男女之情可能是整个人类都非常关心的话题，比起亲情和友情，爱情故事往往具有更高的感染力，能让读者产生更深的代入感。在我的阅读范围内，帕慕克的每一部小说几乎都有一个引人入胜的爱情故事。然而，帕慕克笔下的爱情并不是世俗意义上的男欢女爱，也不是王子和公主的爱情童话，而是一个灵魂对另一个灵魂的永恒追求，以及这种追求的落空。在帕慕克看来，"爱情故事不应当有一个圆满的结局，它应当从你没有察觉的地方开始。它不应当美化爱情，而应当将它看作发生在我们每个人身上的一场交通事故"。这种略带悲观色彩的看法几乎贯穿了帕慕克笔下的每一段爱情。

在小说《黑书》中，主人公卡利普对妻子如梦的痴恋以及他想象中如梦与其堂兄耶拉之间的暧昧关系，构成了爱情故事的两条线索，两条线索之间形成了非常好的张力。正因为深爱着如梦，卡利普才会搜集各种线索寻找如梦失踪的真相，也正出于对耶拉的嫉妒和好奇，卡利普才会阅读乃至模仿耶拉的专栏，直至他把自己变成"另一个耶拉"。在小说中，情感的力量带着我们往下深入，逐渐触及对自我和他者的形而上思考。同样，爱情故事在《我的名字叫红》里也构成了推动情节发展的重要线索，主人公黑正是出于对师傅的女儿谢库瑞的爱慕，才同意介入调查细密画师被谋杀的案件，而他的介入也逐渐揭开了隐藏在谋杀案背后的历史真相——在欧洲法兰克画派透视法的影响下，土耳其细密画派不可避免地走向了衰落。

而在小说《雪》中，爱情故事则为这部冷峻严酷的政治小说增添了几分柔和的色调。主人公卡来到卡尔斯城，在那里见证了残酷的政治和宗教斗争，这是小说叙事的主线。在主线之外，帕慕克也书写了卡与他的大学同学伊佩珂之间的爱情。爱情故事的加入，对整部小说冷硬的气质进行了一种纠偏，让小说显得更有弹性也更加丰润，最终实现了思想性与故事性的平衡。

《纯真博物馆》更是一部纯粹讲爱情的小说,主人公凯末尔对芙颂的痴恋与追求,经历了得,失,又得的过程,最后依然是失去。读者的情感跟着书中的爱情故事起起伏伏,小说就呈现出一种巨大的、迷人的张力。

爱情是文学作品永恒的话题,古往今来的名著,几乎没有哪一本完全和爱情没有关系。哪怕是像《荷马史诗》和《战争与和平》这种聚焦宏大历史事件的作品,也无法绕开对个体爱情的书写。在《荷马史诗》中,特洛伊战争的爆发源于两个城邦对美女海伦的爱慕与争夺,而在《战争与和平》错综复杂的人物关系之中,也包含着安德烈公爵与娜塔莎之间跨越生死的爱情,以及皮埃尔和娜塔莎在患难之后产生的平淡的夫妻之情。人只有在谈情感的时候,才会暴露出自身的复杂和脆弱,而爱情是呈现个体复杂性最为重要的工具之一。帕慕克的小说之所以极具可读性,也是因为他借由一段段动人且极具悲剧色彩的爱情故事,呈现了个体生命的喜乐、悲痛以及对世俗生活和永恒真理的不懈探索。

三、前文本和潜文本的"影响的焦虑"

1. 帕慕克作品的"寄生性"

帕慕克的写作有很大的"寄生性",这也是他在欧美文学界经常为人诟病的地方。我们总能在帕慕克的作品中发现"前文本"和"潜文本",即总是能在他的作品中看到其他作品的影子。有人曾以此为由质疑帕慕克作品的原创性,其实这大可不必。毕竟,没有一部文学经典不是"站在巨人的肩膀上"被创作出来的。我们的思想、行动,乃至开口说出的每一句话,都不可避免地受到社会环境和经典文本共同的塑造与影响。所谓的创新不是无中生有,不是空穴来风,而是在前人铺就的道路尽头往前再走一步或者半步,是在前人已有成果的基础上开辟出一片新的疆域。在这个意义上,帕慕克写作的"寄生性",完全无损于其作品的原创性和思想价值。更进一步说,模仿对于写作的意义其实非常大,一位作家在刚开始写作时不可避免要模仿其他作家的作品，而一个非常成熟乃至伟大的作家，其创作在很大程度上也建立在阅读和借鉴的基础之上。

通过阅读，一个写作者可以找到对他有所启发，可以激发他想象力和创作潜能的细节、故事、想法，这些细节和想法像一盏灯一样，照亮他记忆中幽暗的角落，让他把"别人的故事"变成自身独一无二的创作。例如，鲁迅的《狂人日记》就深受俄罗斯文学的影响，而福楼拜写作《包法利夫人》的灵感，则来源于他在报纸上看到的一则报道。我们当然不能说《狂人日记》和《包法利夫人》是抄袭的作品，在创作的领域，对于其他文本的借鉴与模仿并不构成一部作品缺乏原创性的依据，重要的是作品本身是否表达了自己独特的东西。我们必须在这一前提下去思考帕慕克作品的"寄生性"。

帕慕克遭受质疑的一个重要原因，是他的小说《黑书》的大部分情节模仿了土耳其作家奥格兹·阿塔的小说〈*The Disconnected*〉，那部小说也是20世纪土耳其文学史上最优秀的作品之一。

《黑书》的主人公卡利普为了探寻妻子如梦失踪的真相，开始不断阅读报纸专栏上耶拉的作品，在为耶拉的才华折服的同时，卡利普本人在思想上也逐渐向耶拉靠拢，直至他变成了"另一个耶拉"。在阿塔的〈The Disconnected〉中，主人公特尔戈特·奥兹本为了调查朋友色利姆自杀的真相，同样走访了很多人，最后他发现色利姆生前写了一部名叫《失败者百科全书》的作品。奥兹本仔细阅读了那本书，他被内容深深吸引，同时也发现自己的整个人生发生了巨大的变化，他开启了一个新的人生立场，成为一名作家。两部小说在结构和情节走向上几乎完全一样，这也导致帕慕克在当时遇到了非常多的责难与非议。或许我们可以说《黑书》在一定程度上改写了阿塔的作品，但二者的相似之处只在于故事的框架，两部小说具体的内容其实大相径庭，作者要表达的思想也有着本质的不同。阿塔的小说关注写作对个体生命的延续和升华，色利姆通过书写失败者的故事抵抗现实生活的残酷，奥兹本则通过进一步的写作行动延续了色利姆的生命；帕慕克的小说则在个体认同与民族认同的双重层面上探讨自我与他者之间的辩证关系，其中不乏对土耳其历史和未来命运的宏大思考。

根据美国文学批评家哈罗德·布鲁姆的理论，西方文学中所有重要的母题都源自莎士比亚的作品，因此，后世的作家都必须要面对一个共同的问题，那就是"影响的焦虑"。他们不得不在莎士比亚的阴影下创作，同时又要想尽办法消除乃至超越来自莎士比亚的影响。如此一来，"影响的焦虑"和对"影响的焦虑"的超越，就构成了西方文学不断发展的动力。从这个意义上讲，阿塔的《失败者》既是帕慕克要模仿的"前文本"，也为帕慕克进行文学上的创新提供了支点。

2. 对类型小说模式的借鉴

尽管有着渊博的学识和良好的专业素养，帕慕克在本质上却是一位非常关注作品可读性的作家，这一点在当代文学实践中尤为可贵。文学在今天逐渐成为一种边缘化的存在，阅读小说的人越来越少。究其原因，除了网络和其他新媒体的普及等外部因素的影响,还在于小说本身变得越来越晦涩难懂。在一个"作者已死"的时代,文学失去了对人类整体精神的探索,逐渐沦为语言和文字的游戏,也越来越变成一种少数人的艺术。因此,如何让作品重新与普罗大众建立联系,让文学再度成为联结人类情感的纽带和桥梁,就成为了很多作家需要考虑的问题。一个重要的方式就是提高小说的可读性,而提高可读性的一个重要途径,就是对类型小说模式的借鉴。

侦探小说的模式在当下的纯文学创作中被广泛运用,可以举出很多非常典型的例子。例如,保罗·奥斯特的《纽约三部曲》和《神谕之夜》就在侦探小说的套路之上集中探讨了真实与虚构、偶然与必然的关系;意大利作家翁贝托·埃科的《玫瑰的名字》则以中世纪发生在修道院里的一桩命案为引子,逐渐上升到对符号学与诠释学的哲理性思考。与爱情故事一样,侦探故事也可以充当严肃文学的"调味剂",鉴于追根溯源、寻找真相是每一个人类个体的本能冲动,在一部严肃文学作品中插入侦探故事或侦探小说的模式,就能够激发大众的兴趣,增加作品的可读性。

与奥斯特和埃科一样,帕慕克也在多部作品中借鉴了侦探小说的创作模式。《我的名字叫红》在形式上就是一部侦探小说;《黑书》中卡利普对妻子如梦失踪真相的调查,也套用了侦探小说常用的悬疑元素;而在政治小说《雪》中,主人公卡来到土耳其边境小城卡尔斯的契机,也与穆斯林年轻女子自杀和学院院长被谋杀的案件有关。可以说,侦探小说元素的加入为帕慕克的后现代主义实验和形而上学思辨赋予了惊心动魄又平易近人的外壳,让他的作品在保留思想性的同时,又能够被读者轻易接受。这也是帕慕克的作品能够同时收获学院派和普通读者青睐的原因之一。

当然,类型文学和严肃文学的关系也并不像我们想象的那样"融洽",二者依然有着本质上的区别。类型文学在意的是故事,只要一个故事很漂亮、很好玩,能够满足读者的好奇心,类型文学的任务就完成了。严肃文学尽管也在意故事的完整性,但它最主要的目的还是表达创作者对生活、对世界的独特看法,比起类型文学对大众品味的迎合,严肃文学会坚持自己要表达的东西。

一般意义上，小说由两部分组成，一部分是故事，另外一部分则是意蕴。如果将小说的故事比喻成一座建筑，那么小说的意蕴就是建筑的阴影。有些小说的故事很简单，但却表达了非常深刻的意蕴，这就好像是一个建筑可能没那么高大，但是它的阴影特别大。当阳光从东方或者西方斜着照过来时，一个不那么高大的建筑可能也会留下一个巨大浑厚的阴影。有些小说则相反，它的故事非常好看，但是缺少作家独特的理解和别致的诉求，这就好比是当头的太阳直直地照向几十层的高楼，建筑本身非常高大，它留在地上的阴影却非常小。严格来说，严肃文学属于前者，而类型小说和通俗文学属于后者。由于今天人们阅读小说的兴趣一直在下降，为了吸引读者，也为了让自己的作品能够有更广泛的接受度，严肃文学作家也开始考虑把自己的"楼"建得更高大一些，它本身有一个非常好的角度，有一道非常有效的阳光，如果把"建筑"建得更加高大，它的"阴影"肯定会更大。因此，很多当代作家都在努力实现小说的故事与意蕴、形式与思想的平衡，而帕慕克的创作也为当代作家提供了具有典范意义的实践范本。

### 3. 元小说和超小说

如果用严肃文学的一些指标来谈论帕慕克的小说，我们依然可以找到很多话题，从这些话题中也能看到帕慕克在艺术上的匠心和努力。例如，帕慕克的很多作品都具有"元小说"的特质，元小说是一种非常独特的小说类型，作者一边讲故事，一边告诉读者，这个故事可能是假的，通过对"讲故事"这一行为本身的揭露和解构，作者也向读者揭示了一部小说怎样从头脑中纷繁复杂的思绪转变为具体可感的文本。如果把小说比喻成手表，一般的小说就是传统意义上的机械表，人们只能看到表盘里转动的指针，却看不到让指针有效运转的各种齿轮。而元小说就像是一块透明的手表，人们能够看见背后每一个齿轮运行的方式和规律。在这个意义上，元小说做的是一件拆解的事情：把小说拆开了给读者看。

在元小说的基础上，帕慕克还对小说形式做了更复杂的处理，他的小说又可以被称为"超小说"。超小说不仅告诉读者如何讲故事，它还提供了很多讲故事的具体方式。例如拼贴就是一种非常典型的后现代小说创作模式。之前提到的结构主义大师略萨，他的长篇小说《胡利娅姨妈和作家》就采用了拼贴的模式，小说的奇数章讲的是胡利娅姨妈和作家的故事，偶数章则是一个看似与主线无关的短篇故事。两条平行的叙事线索在小说的结尾合而为一，共同呈现了一本情节摇曳多姿又跌宕起伏的长篇作品。

帕慕克的《黑书》也采用了相似的拼贴画模式，在主线故事之外又插入了大量虚实难辨的专栏故事，这种手法既解决了线性叙事的单调，为小说情节的发展创造了立体的空间，又让两条不同的叙事线索彼此影响、相互印证，逐渐揭示出小说要探讨的话题——自我与他者的关系。除了《黑书》，《我的名字叫红》更是一本典型的"拼贴画小说"，面对一桩扑朔迷离的谋杀案，不同的人与物纷纷登场诉说自己的故事，正如同小说中各位宫廷画师的画作最终被集结成一本记录细密画创作奥义的画册，这些基于不同视角的第一人称叙事，最终也"拼凑"出了一幅奥斯曼帝国的全景图，记录了细密画派由煊赫一时到在欧洲文明冲击下逐渐衰落的全过程。

可以说，帕慕克深谙"讲故事的艺术"，他将东方文学中"说书人"的传统包裹进元小说、非线性叙事等西方后现代主义文学形式的外壳中，在长篇小说遭遇挑战的当下为自己争取了更多的读者。这种创作上的匠心和努力，同样值得当代中国作家学习。

4. 侦探小说中的身份认同

对侦探小说模式的借鉴与套用，除了为帕慕克的严肃文学作品争取更多的普通读者，也为他在小说中进一步探讨个体和民族的身份认同问题提供了手段。在帕慕克的小说中，主人公一直在寻找，他们表面上寻找的是某一个具体事件的真相——谋杀案的真凶是谁？如梦和耶拉去了哪里？为什么有些人会莫名其妙地失联？实际上，他们最终关心的并不是这些。通过叙事的迷宫，通过主人公看似毫无结果的追寻，帕慕克真正想做的，是澄清每个人的身份认同问题。

在小说《黑书》中，卡利普最终意识到他苦苦追寻的真相并不是如梦和耶拉的行踪，而是对"我是谁"这一终极问题的解答；而在《我的名字叫红》中，凶手在小说开篇就自行交代了作案的动机和经过，主人公黑寻找的真相也从一桩谋杀案的真凶转变为宏大历史背景下东西方文化观念的矛盾冲突。在这个意义上，帕慕克的小说突破了侦探小说的传统模式，在一个流行的探案故事中加入了对历史文化的形而上反思。对于这种追寻模式，帕慕克自己总结说：

> 我的作品中总是呈现出一种寻找的模式，我大部分的人物，我的主人公所寻找到的并非真实的世界里的东西，而是一种哲学的或者寓言式的解决方法。大多数时候寻找的乐趣比人物最终找到结果更加重要。我写书不是为了他们的结尾，或者其中的智慧，而是为了他们的结构。

所谓"他们的结构"，具体指的就是人物的身份认同。

身处一个横跨亚欧两洲的国家，土耳其人本身就容易产生身份认同的困惑。我到底是一个亚洲人，还是一个欧洲人？我在宗教生活和世俗生活之间到底如何自处？我想每一个有身份自觉意识的土耳其人，都可能会面临这样的问题。帕慕克也不例外，他不仅是一个普通的土耳其人，还是一位有艺术追求的作家，他的追求就在于要把这样一种身份认同的困惑以文学的形式表达出来。

         2020 年 1 月，安和园

你没有听到狗叫吗?

一

《胡安·鲁尔福全集》(屠孟超、赵振江译,云南人民出版社,1993 年 9 月版)短篇小说部分《烈火平原》中,除了同名短篇《烈火平原》和《安纳克莱托·蒙罗纳斯》

两篇字数过万，其他十五篇没一个超过八千字。《你没有听到狗叫吗?》还不是最短的，《你该记得吧》加标点满打满算也就两千三百字。短是我喜欢胡安·鲁尔福短篇小说的原因之一；短而精是我喜欢胡安·鲁尔福短篇小说的另一个原因；短而精且质朴和变化多端，于是在所有短篇小说作家中，我忠贞地喜欢了胡安·鲁尔福二十年，若无意外，还将继续忠贞地喜欢下去。在我看来，胡安·鲁尔福几乎具备了我理想中的短篇小说作家的所有指标，唯一的遗憾是作品数量太少，全集里也就十七篇。

短篇要短，正如长篇要长。短和长既是它们作为一种文体的规定性，即亚里士多德所谓的"是其所是"，也是其作为一门艺术的限定性。它们需要在各自的尺度内完成只有自己才能完成的艺术探索。短篇之于长篇，正如匕首之于长矛，功能不同，活动半径不同，操作方法也有所区别；匕首不是截短了的长矛，短篇也非压缩了的长篇。我们习惯于礼赞某某短篇的容量巨大，美其名曰：这是个良心短篇，完成了一个长篇的任务。对此我一直存疑，若果真实现了这个任务，要么说明作为参照的长篇有问题，要么该短篇有问题。短篇是激流遭遇险滩，是靶心穿过了利箭，是大风起于青萍之末，是走索艺人高空中趔趄的那一下闪失，是寻常生活中的惊鸿一瞥、惊心动魄和面对一朵花盛开的会心微笑。而长篇是从容浩荡的生活本身。

唯有短，尽可能短，才能更加凸显一瞬间的激越和芳华，如同焰火喷薄而出，生死相依。唯有短，尽可能短，才能最大限度地激发创作者的艺术潜力。何为袖里乾坤？何为让更多的天使来针尖上跳舞？短篇应该是小说写作的一种极限运动。我常常想起中学物理课本中学到的压强。力不变，要让压强增大，怎么办？答案是：减少受力面积。一个作家的创造力很难在短时间内飞涨，要让创作产生更大的艺术冲击力，怎么办？缩短篇幅，删掉那些无效的、半有效的文字。节俭篇幅并非只带来整体瘦身的效果，它还强迫你改变创作方法、矫正你看待问题的角度乃至你的文学观。我相信一万字能讲清楚的故事，四千字不一定讲不清楚；我也相信一旦你能用四千字把过去一万字的故事讲清楚了，那么这两个故事既是同一个故事，也一定不是同一个故事。对一个作家如此，对文学来说也如此。所以，短篇中其实必然包含了小说创作的炼金术，在可能的尺度内，它希望自己短，再短，继续短，它要求我们想办法节制，节制，再节制，节制的同时别致和及物。

二

《你没有听到狗叫吗？》加上标点也就两千六百字。故事很简单：父亲背着垂死的儿子翻山越岭去找医生，因为担心放下后再也背不起来，坚决不让儿子下来，父亲一直咬牙撑着。但他需要信心和希望，就不断问儿子，你看到那个村庄了没？你听到狗叫没？尽管月光明亮，夜幕下的村庄依然可能模糊不清，狗叫却是可以远远就能听见的。但儿子说，没看见那个村庄，也没听到狗叫声。父亲一路咒骂着不孝之子，在绝望中奋力前行。天可怜见，总算看见村庄就在眼前，月光下的屋顶闪闪发亮，狗吠声四起，而此刻，混蛋儿子还是一声不吭，甚至当他把儿子放下时，儿子的双手还紧紧地抱着他的脖子。这哪是亲生儿子，完全是个讨债鬼。所以小说结尾，父亲说："你刚才没有听到狗叫吗？你连这点希望也不想给我。"

多像漫长电影中的一个片段。掐头去尾，就留着中间一段父子跋涉。如果是长篇，那父子和整个家庭的前生今世都会交代清楚；时代背景、社会现实、乡村景致、儿子混蛋到哪个地步、医生所在的村庄如何遥远，凡此种种，就连儿子跟人打的那场群架，可能都得一一道来。但短篇不需要，摄像机只要跟着父子俩，正打、反打，你一句我一句，在对话中必要的信息就全交代了。偶尔镜头一抖，照见了月光下的夜晚和漫长的道路，画外音都极少。但在对话中，我们足可以知道事情的原委：儿子的确不是个东西，拦路抢劫，以窃为生，杀人，关键是杀好人，连给自己洗礼的教父也不放过。好在他母亲死了，要不活着也会被气死。父亲坚持救儿子，不是因为父子连心，而是因为亡妻。"您已经不是我的儿子了。我已经诅咒过您从我身上继承的血液，属于从我那儿继承去的那部分血液已经被我诅咒过了。"当父亲对儿子称"您"时，父亲的愤怒和绝望就可想而知了。他对儿子说，真不是老子想救你，"是为了您死去的母亲，因为您是她的儿子"，如果不"送您去就医,那她定然会责怪我的"。可怜他的母亲,还"指望您长大后一定会使她有所依靠"。

儿子的回答全篇也没几句,且都惜字如金,不是直接绝了当爹的念想,就是提各种要求。你看到什么地方有灯光了?"我什么也没有看到。""我还是一无所见。""我累了。"你觉得怎么样?"不好。"你痛得很厉害吗?"有点儿痛。""我什么也没看到。""我口渴。""给我点水喝。"好在中间有几次希望父亲放下自己,还算说了两句人话。

不过全天下的父母都一个样。这个墨西哥的父亲听上去嘴挺硬,一会儿"您",一会儿看在亡妻的面子上,其实对不孝之子还是一肚子关爱。儿子不说话,他只好一个劲儿地说;儿子说得少,他只好多说。一则,他需要制造点动静给自己鼓劲,否则单调疲惫地负重前行很可能撑不到底;另一则,也是更重要的,通过说话这点他唯一能够制造出的动静,把儿子从死神那里拉回来。儿子受的是重伤,迷糊过去可能就回不来了。为了刺激儿子,他把死去的妻子都请出来了,负疚的儿子会因此保持更清醒的生命意识吗?他很可能已经预感到结局并不乐观,但作为父亲，出于本能，他也得尽一切努力。也许这一路上根本就不会听到狗叫、看到村庄，但他必须不停地挑起话头。不一遍遍问到了吗，他又能说什么呢？当然，他也在分散一下注意力，给自己壮壮胆，驱赶不祥的预感。如同走夜路要大声歌唱。

照这个思路反观儿子，也许年轻人并非人性全无。不给父亲希望，固然可能源于习惯性的冷漠与恶，也可能的确打算就此决绝地断其父的念想：反正命不久矣，何烦父亲再劳心劳力地跑这一遭。他虚弱地伏在父亲背上，唯一有力气做的阻止和反抗就是寡言少语，和不给乃父任何希望的冷漠。父亲说到亡妻时，愿她安息，"他觉得被他背着的人脑袋在晃动，像是在流泪"。当爹的此时肯定感到了一点安慰和温暖。当然，晃脑袋也可能不是在流泪，而是人死了。他"渴得很，也困得很"，这正是死亡的征兆。小说结尾，儿子抱着他脖子的手指僵硬得他要费劲才能分开，年轻人或许已经离开了人世。

依然是小说结尾，到达医生的村庄，放下儿子，父亲"感到如释重负"。卸掉的这个重负既是儿子的身体，也当是父亲在内心里对亡妻还了的那个愿：不管儿子是否活下来、能否得救，他尽力了，没有半途而废。只是，这重负卸得如此悲凉，而到处响起狗叫声。他必须给自己搭建个台阶，以免情感的落差过大，妻子死去多年，名义上的儿子也不在了，他成了名副其实的孤独者。所以，小说最后一句话他也是对自己说的：

"你刚才没有听到狗叫吗？你连这点希望也不想给我。"

可能从来就无所谓希望。他只是给自己许了个空头的念想，长夜将尽，这念想终于也要见光死了。贫穷的、绝望的、彻底的孤独者，精疲力竭，只剩下了说一句话的平静。

三

对人物言行的解读可以从不同角度乃至完全相反的方向进入，并非刻意要找出其间的微言大义，而是因为该小说的确尽可能地过滤掉了单一的情感和价值判断。胡安·鲁尔福采用的是第三人称全能视角，但因为只通过细节的连缀呈现事实，客观到了具有了限制性视角的效果。在一定意义上，可以称之为另一种"零度叙事"。这样的短篇小说如同电影的一个片段，只靠镜头自身言说，取消了一切画外音；但它又跟电影片段有所区别，在审美和意义上它必须自足，它必须通过有限的细节让自己成为一个充满张力、可以寻见来龙去脉、能够自圆其说的独立单位，它要在残缺中创造出完整来。"一千个读者，有一千个哈姆雷特"，此之谓也。所以，一个好的短篇小说，尤其是篇幅俭省的短篇，所有弹药都不能浪费，一颗子弹必须打死一个敌人。

　　短不是写不长，而是你有能力节制、隐忍、裁汰冗余，你有别致的角度看见简单中的丰富、复杂、暧昧和大有来。有时候这种丰富、复杂、暧昧和大有根本不需要条分缕析地总结和展示出来，我更愿意让它们停留在一个感觉上。这个感觉我以为就是"审美"。跟阅读长篇不同，看一个好的短篇，我喜欢感受小说中散发出来的那种介于明晰和清朗、含混和深沉、陡峭和开阔之间的意味。这意味游走在感性与理性之间。超越了两头的端点去面对一个短篇,要么只能得到一个囫囵的印象,要么庖丁解牛那般弄成了一个干巴巴的技术活儿,对短篇之美的获取都是一个伤害。好短篇要有迅疾、丰饶之美。评论家张莉论及理想的短篇,说她会想起"短而美的唐诗名句""窗含西岭千秋雪""气质超拔,一骑绝尘",我深表赞同。当然,我也喜欢另一种风貌的好短篇,"百年多病独登台"。只简单的几个汉字组合在一起,就已美不胜收、意味深长。

《你没有听到狗叫吗?》大抵属于后一种。事实上胡安·鲁尔福的短篇小说基本上都隶属此类,有种沉郁、粗粝、幽远和苍凉的调子。这种风格与贫困的墨西哥乡村天然地契合。我在2015年去过墨西哥,去之前做了一些功课,旅游指南、政府报告和各种材料看了一大堆。真到了墨西哥,我发现管用的只有文学作品,尤其是胡安·鲁尔福的小说。尽管是几十年前的作品,时过境迁,那种把墨西哥写到了骨子里头的真切感觉,随时会被眼前的人文和风物唤醒。胡安·鲁尔福的风格,正是那片土地的风格。

短篇小说要在有限的时间里征服读者,风格上的辨识度一定要高。二十年里我无数次阅读胡安·鲁尔福,每次随便打开一页都能迅速进入小说的艺术情境，跟鲁尔福的修辞风格有极大的关系，他能让你的心很快就沉静下来。好作品让人沉下来，烂作品让你浮上去。屡读不腻还因为胡安·鲁尔福浑然质朴。浑然是因为无限接近世界本身；质朴则是精准，寥寥几笔就直抵核心。所以，胡安·鲁尔福的短篇小说不需要长。就一个绝望的慈父救助生命垂危的不孝之子的故事，两千六百字足矣。

当然，单就《你没有听到狗叫吗？》，说它臻于完美也大可不必。但我敢肯定，把它放进胡安·鲁尔福短篇集《烈火平原》，或者再扩大一下范围，把它放在《胡安·鲁尔福全集》中来考量，这个短篇的力量会更大，我们对它的理解也会更加开阔和深入。在他的短篇小说中，没有任何两篇是相同的，每一篇都区别于另外一篇。如此富于创新和变化，在以短篇名世的大作家里，也极少见。相互之间作互文式解读，对短篇小说这一文体的理解想必会别有洞天。的确，每个伟大作家都在努力构建属于他的完整的艺术世界，他的每一部作品都是这个完整世界的一部分，因此，单部作品在残缺和遗憾的同时，已然暗含了完整和圆满。也因此，我们经由《你没有听到狗叫吗？》理解胡安·鲁尔福之后，也需要再经由胡安·鲁尔福，重新回到《你没有听到狗叫吗？》。

2020 年 2 月 20 日，安和园

他写偷情,写鸡零狗碎,写半个世纪的美国历史

——谈厄普代克

一、一地鸡毛的日常生活

厄普代克的经历非常简单,可能不太符合我们中国人对作家的想象——一个作家应该一直冲在生活第一线。我

们现在有一句话叫"深入生活，扎根人民"，所谓文学源于生活，高于生活，好像作家必须每天冲在生活的第一线。但厄普代克不是这样，他毕业后，出去闯荡了两年，在《纽约客》做了两年编辑，然后回来了，因为他有皮肤病。至少据他说，他的皮肤病让他不能在大城市待着，所以他回到了一个小镇上。他一生基本上都不是在非常繁华、非常现代的大城市里度过的，所以他的小说，大部分内容是以小镇为故事背景的，这样的生活经历对他的影响很大，他的小说大部分写的也都是日常生活。有读者说，厄普代克未必是第一流的作家，这种说法我也能理解。因为很多人都会提到，厄普代克写的很多东西显示出，他的确特别关注日常生活，尤其在短篇小说里表现得更为鲜明。

他的小说内容基本上都是家长里短、夫妻感情、婚姻、爱情，当然还有很重要的内容：偷情与性。他作品中的所谓宗教和艺术，也不是宏大叙事意义上的宗教和艺术，而是日常生活意义上的。而且他的小说创作量特别大，我梳理了一下，厄普代克好像写了二十三部长篇小说，一堆小说集，还有诗歌、各种文论等等，他的涉猎面特别广。对文学感兴趣的朋友,若干年前可能会注意到一篇厄普代克评价中国作家的文章,包括莫言、苏童等几人的作品。当时那篇文章特别引人注目,大家终于发现有一位美国大作家开始评论中国作家的作品。不管厄普代克的评价是否到位,是否科学,但他关注中国文学这件事,本身说明他的阅读量特别大,他的涉猎面特别广。

厄普代克的生活其实相对简单。我觉得他为作家和生活经验之间的关系提供了一个非常好的证明,即一个作家最终依靠的是什么。

如果一个作家有跌宕起伏、惊涛骇浪、风云际会的生活,当然非常好。中国作家里,比如写《林海雪原》的曲波,生活本身就属于宏大叙事,在作品里将这部分生活完整地表现出来,当然很好。但我觉得更多作家的写作依靠的是自身对这个世界的观察,以及同化他人经验的能力。比如约翰·厄普代克,比如土耳其作家、2006年诺贝尔文学奖得主阿尔罕·帕慕克,他的生活也极其简单,没有大风大浪,也没有像当年的鲁迅一样,生活里突然出现了大反转。他一直是个富家子弟,生活条件优渥,但是他的写作面却很广。

这是在厄普代克身上体现的一种作家和生活经验之间的关系，恰恰因为这样一种关系，决定了厄普代克要靠对生活的认真观察和体味，来找到优势，拓展自己的写作。

我们在他的小说中看到的尽是鸡零狗碎、一地鸡毛的日常生活，而且小说的故事性都不是特别强。那么作者只能靠自己对生活仔细观察的能力，来让这些故事性不是特别强的小说成立。

若泽·萨拉马戈，1998年获诺贝尔文学奖的葡萄牙作家，曾在小说《失明症漫记》题词里引用了《箴言书》里的一句话："如果你能看，就要看见，如果你能看见，就要仔细观察。"对厄普代克来说，他生活范围很狭小，他就过着一个普通中产阶级的日常生活，那么就观察生活。他把生活观察得特别细致，细致到了繁复的程度，有人批评他说他是"照相机现实主义"，也有人批评他"小说过于细腻，过于琐碎，节奏太慢"。还有一种说法，说他小说里罗列的东西太多，事情发展得特别缓慢，几乎是匀速前进。所谓"文似看山不喜平"，但是厄普代克小说里缺少大起大落，而是用小碎步往前走，每走一步，他都要把周围写得特别清楚，而且整体上保持匀速前进。而对于这种罗列与"照相机现实主义"，另有一种说法，即由英国另外一位作家扎迪·史密斯代表的"歇斯底里现实主义"，指作家在小说中描写得特别详尽，特别细致，在我们看来该省略、不该省略的，他们都写。这些都是某些读者在阅读厄普代克时会产生审美疲劳的原因，但是每一个作家的缺点，或者被人诟病的特点，往往也是他的优势、优长。极少有作家能有厄普代克的能力，在我们熟视无睹、习焉不察的日常生活中能够有新的发现。

二、潜伏在美国日常生活里的巴尔扎克

我们都知道，缺少变化的生活，对我们的感受力是一个巨大的磨损和消耗。很多年前，我第一次出国，觉得看什么都是新鲜的，所以每一篇日记都写得特别长。而且每次我从国外回来，都能写出很多东西。但现在去得多了，有的时候同一个国家一年去好几次，回来之后一句话都不想说。不是写不出来，但会觉得那些曾经很新鲜的东西对我产生的刺激没有当初那么大了。第一次去看时，它产生的刺激巨大到你不把它说出来，不把它写出来，会觉得难以平息，难以平复。到了后来变得习以为常了，它开始包裹你，它磨钝了你的感觉，损伤了你的表达的欲望，所以我们往往对日常生活是无话可说的。

从这个角度来说，厄普代克恰恰是个伟大的作家。他在千篇一律的生活中居然还有那么巨大的激情和好奇心，在观察、在描写，在一点点地推进他的小说。我们从他的短篇和长篇中都会发现这个特点。沈从文曾说，他写小说有一个秘诀，叫作"耐烦"。在厄普代克的小说里，我们就能看见他的"耐烦"，他不厌其烦地把我们认为在日常生活中视而不见的，或是看见了也不屑去说的细节给写了出来。同时，他有另外一个能力，"于无声处听惊雷"。厄普代克从我们习以为常的生活中，看出了同中之异，看出了寻常之中的不寻常、寻常之中的异常，这是一种很特别的能力。

很多人以为，厄普代克只是写一些鸡毛蒜皮的小事而已，但在厄普代克的小说里，尤其是他的长篇小说，其实把整个美国发生过的大事都写出来了。比如说他最著名的"兔子五部曲"：《兔子，跑吧》《兔子归来》《兔子富了》《兔子歇了》，还有《怀念兔子》，这五部小说翻译成中文大概有一百三十万字。厄普代克从1960年开始，差不多每隔十年写一部，我觉得这在文学史上都是一个奇观。写到第四部，很多读者还想看到兔子的故事，觉得兔子不能死，但是兔子已经死了，怎么办？2000年，厄普代克出版了一部小长篇《怀念兔子》，构成了"兔子五部曲"。

这几部作品，写尽了美国都市中产阶级家庭会出现的问题。主人公哈利，整个儿一个不着调的人，像兔子一样狐疑敏感，有点事儿就到处乱跑，一不小心就会逃掉。小说表面上是写这么一个人的生活，充满了家长里短，鸡零狗碎、偷情、通奸等等元素，其实把美国半个世纪所经历的重大问题都写出来了，比如麦卡锡主义、20世纪60年代性解放运动，还有后来的越南战争、种族冲突危机、阿波罗登月计划、嬉皮士运动、吸毒、石油危机、中产阶级兴起、社会福利问题、全球化的问题，不仅仅对美国，对整个世界产生影响和震荡的事件，都融合到哈利、"兔子"一家的故事里了。也就是说，我们通常认为的风云际会、大开大合的大事，其实厄普代克都作为故事背景涉及到了。我对历史的看法，在这个角度上跟厄普代克是一样的，即不管多大、多重要的历史，只要跟小说里主人公、人物之间没有血肉相关的联系，那么对小说来说就不重要。

很多人写小说，会非常刻板地把人物命运和大历史之间建立起某种同构关系。其实如果仔细推敲，会发现人物在他的小说里成了木偶。人物的命运固然要跟大时代的命运、跟社会的变化之间产生某种关系，但并不是亦步亦趋，并不是每一步都要对应着来。不是说每一段历史都得生硬地嵌进小说里去，都要生硬地在我们身上产生某种对应的投射。我觉得这恰恰是一种非自然的、去个人化的历史观。这类作者认同的是一种官方的历史观，或者是一种官方的历史结构，我觉得文学不应该那样处理历史。

作家应该把所有的大历史转化成个人史，这样历史才能让我们信服。不管多浩荡的历史，必须通过日常生活的细节呈现出来，这也是"兔子五部曲"的意义。我觉得仅凭这五部小说，厄普代克就算得上伟大的作家。他一个人，靠着几部作品，就把美国半个世纪的历史，用一种文学的方式梳理出来了。

大家都知道巴尔扎克有部《人间喜剧》，恩格斯说巴尔扎克的《人间喜剧》是如此地伟大、如此地重要，抵得上一群社会学家对法国的描述，因为读者可以借他的作品迅速回到当时的法国历史现场，比如上流社会的人是什么样的、贵妇是怎么搞婚外恋的、她们躺在沙发上看书的姿势是什么样的、她们的头饰和衣服是什么款式等等。从这个意义上来说，我觉得厄普代克是潜伏在美国日常生活里的一个巴尔扎克。

厄普代克的长篇小说很多，前一段时间我重新梳理了一下，觉得有一些作品特别有意思，比如《夫妇们》和《农场》，当然这两个小说也给了厄普代克一个写通奸、写偷情、写性的标签。在这方面，他是一个行家里手。厄普代克一生上过两次《时代周刊》，而且是他这一代作家中唯一一个上过两次《时代周刊》的人，其中一次就是因为《夫妇们》。《时代周刊》把他定义为一个写性的作家，我觉得挺有意思。除了《夫妇们》和《农场》，当然他还有其他的一些精彩的小说，比如早期的《马人》，还有后来的关于宗教题材的三部曲《一个月的礼拜日》、《罗杰教授的版本》和《S》，这三部小说分别是从牧师、医生和海斯特的角度去探讨美国当代社会精神和身体、物质和精神、个人和社会之间的复杂关系，也特别有意思。

很多人觉得厄普代克写的都是美国中产阶级的日常生活，其实他也有其他一些在美国题材之外的作品，作品中也迸发着丰富的想象力。比如说长篇小说《巴西》，还有《贝奇：一本书》，这两部小说的背景分别放在了巴西和非洲。他还写过一些历史小说。可以说厄普代克是一个精力极其充沛，并且敢于尝试的作家。所以，他有这么多的作品也就不足为奇。

这是我对厄普代克的整个创作生涯做的简单梳理，能够聊厄普代克我真的很高兴，因为他是美国 20 世纪 30 年代出生的作家中，我读得最早的一个。那时候我上大一，刚开始写小说，我们班有个同学特别喜欢厄普代克，整天跟我说起他。然后我就开始读他的作品了。在那个阶段，我们看的作品里面除了《废都》或者《白鹿原》里面有一点性描写之外，其他小说其实特别少。但厄普代克的小说里还真是挺多的，而且他还描写得挺详细的。最早读厄普代克作品的时候，觉得他写得非常华美、非常细腻，而且有一段时间，我跟朋友都开始模仿厄普代克，互相比着写。十年以后，我才开始读他同时代的作家菲利普·罗斯的作品，他比厄普代克小一岁，可能很多人都看过他的小说，比如《人性的污秽》，后来改成电影名字叫《人性污点》。

三、美国的"30后"与中国的"50后"

谈厄普代克，必须要谈他同时代的一些作家。在美国，我觉得30年代出生的一批作家真的非常伟大，比如约翰·厄普代克、菲利普·罗斯、托马斯·品钦、科马克·麦卡锡、E.L.多克托罗等等。还有现在依然活着的唐·德里罗，一定有很多人看过他的那部巨著《地下世界》，七八十万字，非常厚。我非常喜欢他笔下的纽约，我觉得唐·德里罗可能是写纽约写得最好的一位作家。获得诺贝尔文学奖的女作家托妮·莫里森也是那一代人,她是1931年出生的。还有一位是跟他们不太一样,以短篇为主,风格有些后现代的唐纳德·巴塞尔姆,也是1931年出生的。

大家看看我提到的这一批作家,每一位拿出来,我觉得都是有实力获得诺贝尔文学奖的,但是很遗憾,这里面只有托妮·莫里森获得了诺贝尔文学奖。希望他们中某一位以后还有希望拿奖。这也不是说文学奖有多重要,但是作为他们的粉丝,还是希望他们名至实归或者实至名归。但厄普代克、菲利普·罗斯和多克托罗都去世了,巴塞尔姆死得更早,很遗憾。

将厄普代克放在这些作家里面比较,就会发现美国的这一拨"30后"作家真的很厉害,每个人的写作都能够非常鲜明地跟其他人区别开来。比如托马斯·品钦,是那种玄之又玄、十年磨一剑的作家,很多人都觉得《万有引力之虹》是一部奇书。比如我个人很喜欢的多克托罗,他在虚构和非虚构的结合方面做得非常好,尤其他的《大进军》,以美国南北战争为背景,讲谢尔曼将军率领北方军队攻入南方,一路烧杀抢掠,大家可以找来看看。如果让我推荐战争文学,我第一本推荐的就是这一部《大进军》,在这部小说中,能看到多克托罗如何把美国的战争跟个人的生命结合起来,如何把战争史写成了一个人的生命史。

唐·德里罗,我刚才说是写美国城市,尤其是纽约写得最好的作家。他在英国、在欧洲的影响特别大。有一年,在水石书店(英国最大的连锁书店),我问当地人,觉得哪一个美国作家更可能获奖,他们(英国人)认为是德里罗。而且水石书店里面有唐·德里罗所有的书摆的一个大台子,我认为这可以代表英国人的一个趣味和取向。在这个背景下来看厄普代克,你就会发现他的确是有他自身的一个非常强烈的特点,也只有他对美国的中产阶级社会的日常生活描述得如此仔细。

让我们假想一下,若干年以后,如果有人想要拍一个讲述美国人日常生活的影视剧,时间设定在 19 世纪 50 年代到 21 世纪初,我想他们应该要好好读一读厄普代克的小说,这样才能真正理解这半个世纪美国中产阶级的日常生活,才能有效地返回历史现场。就像我们现在拍明朝、宋朝的古装剧,需要提前阅读《金瓶梅》一样,因为《金瓶梅》里面非常真实、大量地保留了当时日常生活的细节，这些细节足以让我们有效地返回那个日常现场、历史现场。

多提一句，厄普代克这一代"30后"的作家，跟中国的"50后"作家特别像。这也是我今天突然想到的一个问题，美国的"30后"真可谓是群星灿烂，中国现在文坛上堪称中流砥柱的那一批作家，大家数数，可能都是"50后"。无论是创作力、创作量，还是作为作家的代表意义，中国的"50后"作家可能依然是当代文学到目前为止最重要的一批作家，比如莫言、贾平凹、王安忆、韩少功、阎连科、阿来、刘震云、张炜等等，我突然想到这个问题，大家可以比较一下。

当然这不是咱们这次要聊的话题，但是我觉得特别有意思，经过比较，我们就能发现不同的文化，不同的民族文学、三观之间的一个差别。当然，如果说你让我找一个中国的"50后"作家，与厄普代克相对应的话。哪个更接近一点儿？我想可能是贾平凹。但是贾平凹的作品也受到很多其他文学的影响，比如拉美文学，或是中国民间神话等等，形成了他自己的一个特色。但就风格上来看，那种细腻的程度、"耐烦"的能力，那种观察和呈现的能力，我觉得贾平凹、王安忆的作品可能可以跟厄普代克的作品做一个比较阅读。

本文整理自2020年5月8日思南经典诵读会第101期
"赋予庸常生活以其应有之美"线上分享内容

## 沉默的力量

——重读《静静的顿河》

最早阅读《静静的顿河》是刚念大学的时候,冲着诺贝尔文学奖的响亮名头去的。那时候读书不问篇幅,多厚的书都敢抱起来就啃,真是充满了饥饿的人扑向面包的激情。当然,重点是看故事,故事好看就看慢点,不好看就读快点。《静静的顿河》肯定是故事无比好看的那类，格里高利和阿克西妮娅的爱情凄美动人，我正值青春期，自然看得缠绵悱恻，加上又长，一百四十万字，整整一个月我都深陷忧世伤生的情绪中不能自拔。但那个时候已经开始写小说了，自诩是个文学人，眼光端得挺高，很挑剔，对《静静的顿河》也一肚子意见，比如拖沓，语言有点糙，议论多，叙述比较传统等。那时候也在看先锋派，看卡夫卡、福克纳、博尔赫斯、加西亚·马尔克斯和罗伯-格里耶，都是"洋气"的现代派，所以有时候会觉得肖洛霍夫有点土。但是格里高利和阿克西妮娅的故事太好看，什么毛病跟美丽的爱情比起来都是浮云，可以原谅。

一晃二十多年过去，去年因为一个偶然的机缘重读。原因是刚读过《肖洛霍夫传》，就想着再复习一下《静静的顿河》。我的重读交叉进行，一部分是看，另一部分是听。每天要坐三个小时的公共交通上下班，路上我习惯了听书。一读一听之间，真正感受到了《静静的顿河》之大美。此时我已经是一个写了二十多年的"老作家"了，多少悟出了一点文学的门道和美。前后两个多月，我沉浸在顿河边的世界里,看哥萨克们一次次纵马席卷草原。故事依然动人。二十年后我变得更加脆弱,小说中的人物幸福了,我会跟着流眼泪;他们难过和不幸了,我也跟着流眼泪。甚至格里高利、阿克西妮娅和娜塔莉亚他们不管谁,坐在顿河边的草地上,看河流翻滚,看高天流云和漫无尽头的原野,看夜晚干净得像水洗过一样的星辰,那种物我两忘、天人合一的纯净之感,那种绝望悲哀至平和与入定的辽阔感,都可以让我眼泪汪汪。辽阔的空间感、命运感、历史感、生活感、现实感,还有从情感和肉身的日常中自然升腾起来的浑茫的精神世界,《静静的顿河》有一种完全可以匹配和胜任它的篇幅的辽阔感。肖洛霍夫对世界与人的理解之宽阔,让我震惊。而这些理解,被完全灌注在人与事的细节中。

肖洛霍夫是极少不玩花活儿的大师。如果说文学中真有"正面强攻"这回事,那么,《静静的顿河》应该是完成这一任务的典范,它像推土机一样从容地展开叙述,肖洛霍夫"直书全部的真实"。他的伟大不在灵活和机巧,而在浑然与笨拙,他是作家中的人猿泰山和庞大固埃。重读《静静的顿河》，我几乎是重新理解了"故事"与"讲故事"。既是从一个读者的角度，更是从一个作家的角度。就故事的能量而言，《静静的顿河》像一场持久浩大的飓风，不管不顾、披头散发，但又从容、镇静、有序；所到之处，摧枯拉朽，但所过之处又焕然一新。《静静的顿河》堪称标准意义上的"史诗"。

在文学史上，《静静的顿河》还伴随着一桩公案。很多年里，围绕它是否为抄袭之作有过不少争论。肖洛霍夫被指控剽窃了一个白军军官的草稿，该军官把自己的战斗经历写成了故事。20 世纪 20 年代初，军官被当局抓后，担心命不久矣，就把心血之作的藏身之处告诉了同一个号子里的狱友，一个神父。肖洛霍夫碰巧审问了该神父。叛逃到美国去的斯大林女儿阿利卢耶娃，也认定肖洛霍夫干了这件不光彩的事。这种质疑不难理解，肖洛霍夫十三岁就辍学，没念过什么书，写作《静静的顿河》时又极年轻。小说构思于 1926 年，四部分别于 1928 年、1929 年、1933 年和 1940 年出版，前后历时十四年。肖洛霍夫生于 1905 年，也就是说，出版四部时作者分别是二十三岁、二十四岁、二十八岁和三十五岁，如此年轻写出如此杰作，不被怀疑一下都说不过去。此外，尚有一个指控理由：肖洛霍夫《静静的顿河》之前的作品《顿河故事》与之相比，在文笔和艺术上有云泥之判。后来索尔仁尼琴也积极推动对肖洛霍夫的质疑，还在自传里写过此事，甚至认为肖洛霍夫的《被开垦的处女地》也是其岳父代笔。这又是一笔糊涂账，据说肖洛霍夫整过索尔仁尼琴，后者一直怀恨在心。

当然，日后证明，所谓剽窃纯属无稽之谈。1984年，挪威学者通过统计分析，确认肖洛霍夫就是《静静的顿河》的作者。大数据表明，从《顿河故事》到《静静的顿河》，一脉相承。一个作家从内心里流淌出来的文字，基因哪是随随便便就能改变的。《顿河故事》无疑是《静静的顿河》的文学训练和卓有成效的助跑。也正是在这个意义上，《顿河故事》堪称理解后者的不二法门。《顿河故事》在艺术上的确相对稚嫩，但对于其后宏大地书写顿河流域和哥萨克，这一系列故事又不可或缺。我相信，正是在对"顿河"散点的"游击战"中，肖洛霍夫发现了格里高利、阿克西妮娅、娜塔莉亚和顿河边的哥萨克的命运,"游击战"得以成功地转变为旷日持久的阵地战和攻坚战。《顿河故事》之于《静静的顿河》,犹如一次次战斗之于一场浩大的战争。

两部作品都确证,肖洛霍夫是个扎根顿河和哥萨克的作家。他生在顿河地区的一个农民家庭,一生的大部分时间都居住在这里。年轻时曾为红军做过各种工作,其中一项重要工作就是征集军粮,这一段也成了《静静的顿河》的精彩素材。其后他参加了"青年近卫军",成为年轻的无产阶级作家组织的一员。开始职业写作后,1925年,肖洛霍夫携妻子回到顿河地区定居,《静静的顿河》四部渐次问世。唯其深扎在顿河地区和哥萨克的人群里,才能在小说中如此自然、地道地图景、状物、写人。这也是重读时我越发喜爱该书的原因,你能感觉到作者在写作时的自信、从容和优裕,及物的场景和细节纷至沓来,真有步步莲花之感。我想肖洛霍夫也经常忘记自己在写小说,他不过是在讲街坊邻居的故事:村东头有个麦列霍夫家,村西头住着司契潘,如果两家成了邻居会如何呢?司契潘的老婆很漂亮，麦列霍夫家的小儿子不安分，呵呵。然后，有个戴黑帽子的人来到村里，他是布尔什维克派来的，可以给他取名叫施托克曼。反正那个时候共军正在和白军打仗，经常有陌生人来到鞑靼村。

肖洛霍夫与顿河和哥萨克之血脉相连，更在于他对哥萨克内心世界的深入理解。哥萨克在俄罗斯的大地上是个别样的民族。长久以来，他们就是沙皇的枪杆子，相当于雇佣兵：召之必须来，纵横疆场，正规军在后头还哆嗦呢，他们已经冲锋陷阵风卷残云了；仗打完了，挥之即去，爱干啥干啥，自生自灭，没人操你的心。《静静的顿河》涉及的历史时期，正乱云飞渡，哥萨克们过去听沙皇的，现在政出多门，他们也不知道该听谁的。打仗，打乱仗，同村、同室操戈，哥萨克的勇士们的痛苦和茫然日甚一日。提着脑袋在外厮杀的哥萨克难，居家的哥萨克女人更苦，其实全世界都一样，妇女要顶着的不只是半边天。所以，最"不守妇道"的阿克西妮娅却得到作者和读者最多的同情。

战争关乎国是。作为一个政治意识形态色彩浓郁的作家，肖洛霍夫不可能不知道哪些是政治禁区，但他还是忠直于哥萨克的内心，忠直于他对哥萨克的理解。在不足五年的军旅生涯中，小说中的格里高利在红军和白军之间、在忠诚与背叛之间、在正义和野蛮之间、在"正确"与"错误"之间，一直辗转、反复、犹疑和纠结，肖洛霍夫不惜让他两手沾满双方的血；到小说结尾，肖洛霍夫也没有人为地拔高，把格里高利供奉为一个新时代的"高大全"。他知道一个真实的格里高利就该如此，因为格里高利的矛盾和痛苦根植于哥萨克和顿河。而哥萨克和顿河地区的痛苦如此鲜明和真切。

理想的经典之作当如上等菜品，色香味俱佳。《静静的顿河》或许在"色"上稍逊，但"香"与"味"却是异峰突起、等而上之，远远超出了"俱佳"的平均值；而"香"与"味"之独异，完全可以让你忽略"色"之瑕疵。在重读的过程中，我几乎像高僧大德一样宽容，牢骚全无，对我这样向以挑剔见长且自诩的专业读者，实在是极为罕见的阅读经验。但这是事实。讲了二十多年的故事，在对故事间歇性地屡屡怀疑、厌倦和"创造性"地理解之后，我似乎又一次发现了"原生态的"故事可能具有的非凡格局、境界和魅力。铅华洗尽,就这么诚恳、质朴、从容、自然、平常心地娓娓道来,在万花筒般喧嚣浮华的今日世界,"沉默着的"故事依然可以拥有如此巨大的力量,《静静的顿河》让我心生感激,肃然起敬。

2020年6月4日,安和园

## 卑微如扁虱,高贵如国王

——《香水》序

十六年后重读《香水》,依然感到欲罢不能,忍不住要击节称妙:真是一部好小说。但同时我也日甚一日地焦虑,交稿期无限逼近,这序可怎么写?有些作品的确如此,读时眉飞色舞,讲起来也活色生香,一旦要总结和谈论它,你可能会失语。《香水》就是这样。你说它究竟表现了什么？批判了什么？影射了什么？微言大义又在哪里？好像无处不在，伸手去抓，每一把又都是空的。你甚至连它是现实主义、魔幻现实主义、荒诞派、寓言、童话都难以斩钉截铁地定夺。它拒绝你给它贴的所有标签，但停在某一页上，定下心细琢磨，又好像每一种成分都有那么一点。你说这故事传统吧，它又一点儿都不陈旧；你说它不现代吧，它又妖冶异常——它完全是混乱、不洁、卑微又肥沃的土壤里开出的艳丽之花。

好小说也许正该如此，正如好的小说人物。让-巴蒂斯特·格雷诺耶，这部小说的主人公，也是如此。

此人卑微如扁虱，却转瞬也能高贵如国王；他是个杀人犯，同时又是绝无仅有的艺术家；他一生都像个孩子，但又随时可以心如枯井，空寂如在暮年；他身上体现出极强的动物性，却又不食人间烟火；他可以修行到整个身心只剩一个皮囊，如隐世的圣人，一旦决定猎取美少女，又残忍得令人发指；他屡屡游走在生活的最底部，时有生命之虞，却也享受了常人难以想象的高光至大的时刻；有人拜服他为天使，有人又断言他是魔鬼。这样悖反的描述可以再列出一串，但列完了，似也无法说明白这是一个怎样的人，此人究竟想干什么。

——当然，我们知道他想干什么。他想把自己打造成一座移动的人间气味博物馆，他想制造出人类独一无二的香水，他想成为气味王国里伟大的王。仅仅如此吗？肯定不是，否则我们无法理解，当他杀死了少女、萃取过她们的体香、终制成迷倒众生的香水后，为什么又甘心让自己葬身"流氓、盗贼、杀人犯、持刀殴斗者、妓女、逃兵、走投无路的年轻人"之口，被九流之下者生食。他的确成功了，作为香水界的普罗米修斯，前无古人想必也后无来者，但他不想活了。

当真生无可恋？我想是这样。这个世界上，如果还有一个人能像上帝一样畅行无阻，那他肯定是格雷诺耶。上帝挥一挥手，便可以御风而行；而他，只需比上帝多出一个动作，即先洒出一滴香水，众生便会像为上帝让道一样，为他闪出一条宽阔的路来。所以他应该是不想活了。

他死于绝望：艺术和人生的双重绝望。

艺术之绝望好理解，他为那瓶绝世香水奔波一生，此刻香水就揣在他的兜里。他到达了艺术和毕生志业的最高处，香水业的天花板，接下来该干点什么呢？没啥可干了，曾经沧海难为水，拔剑四顾心茫然。什么都没有了，就艺术而言，接下来的世界是空，死亡一般的空。空即无意义，无意义便是死亡。

而人生之绝望，也许在于对打捞和建构一个完整自我的最终失败。他一生至为辉煌之作，不世之经典，足以操控世界，唤醒人类最赤裸的欲望亦不在话下。他让人们脸上"表现出一种童话般的、柔和的幸福光辉"，让他们可以"第一次出于爱而做了一点事情"。他检验出他们爱的能力。而于他自己，依然不能在内心里生发出毫厘之爱。他不会爱。他只是贪婪于人（少女）身上的美（气味），却无力去爱美（气味）所附丽于的人（少女）。他只在"被憎恨中才能找到满足"。一个不能爱的人，一个永远只能缺一半的人，只能是一个绝望的人。所以，如此看来，在意欲完整自我而终不可得的故事尽头，等待他的只能是消失，和所有香水一样，最终消散在空气里，无影无踪。

气味于是成了一个隐喻。我们从开始就知道，格雷诺耶是个生来就没有气味的人。缺什么，补什么，他一生的要义只能是去寻找气味，为此上天赋予他异禀的天赋，督促他一步步把自己锻造成香水天才。他对那绝世香水明确的追逐，其实正源自连他自己都不曾意识到的生命内在的驱动。这个人的确也够倒霉的，竟然一辈子都生长在一个无爱的真空世界里。他的无爱履历可以概括如下：

一出生就被母亲抛弃在巴黎铁器大街臭气熏天的烂鱼肠堆上，然后被乳母让娜·比西埃拒绝，再被加拉尔夫人以十五法郎的价格卖给制革匠格里马。其后的历程看似要否极泰来，至少在格雷诺耶本人看来，不算是太坏的消息：先到巴尔迪尼的店铺里当香水学徒，继而前往另一座城市格拉斯，入驻阿尔努菲夫人的香水作坊里做伙计，制作香水的技艺与心得突飞猛进。其实这也算不得好日子，他只是被香水障了眼迷了心，心外无物而已。总之二十多年下来，与爱相关的一切事体皆无进展。

聚斯金德的结论下得好：格雷诺耶就是只扁虱。扁虱只能被压榨和盘剥，被人正眼相看才是怪事。他对爱的需要，对被爱与爱人能力的渴求，一直被伟大的香水梦想遮蔽，他自己都没弄明白。在他的人生中，它们草蛇灰线一般地存活。直到他的梦想实现，生命终于可以开辟出一个新的向度，多年来对一个完整自我的寻找，那个蛰伏的幽灵苏醒了，从后台跳上了前台。他发现，此刻，他依然无能为力。他可以制造出世界上的一切气味，甚至可以无中生有，但他对自己的气味无能为力。它就是出不来。没有了人的味道，似乎也没有了人味儿。他手起棒落，接连捶杀二十五名少女。对那些美丽的姑娘，"他并没有朝她床上投去目光，以便这辈子至少用眼睛看过她一眼。他对她的外形不感兴趣"。在他看来，姑娘们呼吸停止了也不算死，得等他用油脂离析法将她们的体香榨干取尽后，才算真死了。格雷诺耶如饥似渴地收集气味。

因为唯有气味可以为他虚构出一个完整的自我，只是气味总有散尽之时，虚幻送佛送不到西。赖以自度的，自然还得靠自家身上实实在在散发出的味道，管它香的臭的，有才是硬道理。我们的主人公不行，离开制作香水的技艺和魔术，他都无力证明自己的存在。"依靠自身无气味的掩护，能像戴上隐身帽一样避免人和动物发觉，在屋里随便哪个角落躲藏起来。"猎取少女体香，此为便捷和优势，但此类特别行动毕竟是少数，过平常日子，一个人还是需要足够强悍的自我确证。接着看，"在腋下，在脚上，他什么也没嗅到，他尽可能弯下身子去嗅下身，什么也没嗅到。事情太滑稽了，他，格雷诺耶，可以嗅到数里开外其他任何人的气味，却无法嗅到不足一个手掌距离的自己下身的气味"。这一年他二十五岁。可见，在打小就知道自己没有气味的事实后，二十五岁这一年他依然没有放弃让气味回到自己身体上的隐秘愿望。

时间到了1767年，格雷诺耶二十九岁，他在彻底的绝望中进入巴黎。在这一年最热一天的午夜，他把世上最神奇、最稀有、最金贵的香水尽数喷洒到自己身上。在香水的加持下，他虚幻地成为一个完整的自己，一群野蛮人闻到了他的味儿，他们及时地扑上来，又抓又挠，活活吃掉了他，一根头发也没留下。这也许是他企图确证自己的最后努力。这个颇具宗教意味的场景，让我想起《圣经》里耶稣的一段话：

"我实实在在地告诉你们,你们若不吃人子的肉,不喝人子的血,就没有生命在你们里面。"

对格雷诺耶来说,他若不被人食肉饮血,便无法继续存在。他通过极端的方式,作了保全和延续自我的努力。

从这个意义上说,格雷诺耶的故事是一个悲剧。

但将其视为悲剧,很多人未必答应:这可是一个货真价实的杀人犯。加上最早巴黎马雷大街切剥黄香李子的女孩,格雷诺耶身负二十六条人命,杀人魔王也不过如此。不过我们也得承认,在阅读中,我相信绝大多数人都没有生出对一个杀人犯应有的愤怒。这要归功于作者聚斯金德。

在《香水》中,聚斯金德把道德悬置在叙述之外,他自始至终没有在道德层面谈论杀人越货。这是他的高明之处。"二战"之后,大约没几个德国作家胆敢冒此"政治不正确"的风险。但避开该风险,隐忍着不去触及,不是谁都能做到的,它需要高超且过硬的技巧。有论者说,聚斯金德在像狄更斯那样写小说。这肯定是基于老实本分的开头过早做下的结论。聚斯金德也许在向狄更斯致敬,而且如此低调、全能视角地开篇,确实有迅速返回18世纪法国生活现场的奇效。就我的阅读体验，聚斯金德的叙述在经营18世纪法国的氛围时确有极强的代入感。但悬置道德，弃绝善恶判断，在很大程度上是个现代小说技巧，相当于"零度叙事"。

可能会有朋友说，怎么没有善恶判断？抛弃过格雷诺耶的人，侮辱过他的人，损害过他的人，盘剥过他的人，利用过他的人，亲生母亲、格里马、巴尔迪尼、加拉尔夫人、塔亚德-埃斯皮纳斯侯爵、德鲁，苍天饶过谁？一个个死得五花八门。如果非要把他们的归宿算到善恶因果的账上，也不是没道理，不过我觉得，与其说这是作者世俗意义上的表态，不如说是聚斯金德在他展开一个古典形态的现代故事时，假借巧合与宿命，以戏谑和幽默的方式，在故事背后露出诡秘、会心又稍显轻率的一笑。

记不得2006年初读《香水》的感受了，重读时，头脑里陆续出现过四位作家的影子。狄更斯不论了。还让我想起黑塞，这是聚斯金德的德国前辈，他的禅意丰盛的思辨和少年气息以及苦修故事的模式，我以为影响了聚斯金德。格雷诺耶不就是另一个方向上的悉达多或歌尔德蒙吗？然后是意大利作家卡尔维诺。能将一场抽象的气味盛宴充分地具象化、细节化，《香水》的作者之外，我能想到的第一位作家就是卡尔维诺。让抽象之物扇动起微妙的翅膀精确地飞翔，卡尔维诺堪称不二人选。当然，聚斯金德足够出色，此项技艺较之卡氏亦不遑多让。如此比照，并非强以师承，不过是好奇小说中现代小说技艺的参与度。在我看来，《香水》中卡尔维诺式的"轻"，成就了小说的"重"，如同第二十五名少女洛尔的体香最终点睛了格雷诺耶的旷世杰作。

此外，还须提到德国另外一位作家君特·格拉斯，当然这依旧是个人感觉。小说简明行文中时有出现的歇斯底里的繁复，其磅礴、狂欢和诡谲之感，不免让我想到聚斯金德的父兄辈作家，《铁皮鼓》的作者君特·格拉斯。

当然，这也都是一厢情愿的猜测，证不了伪也证不了实。证实证伪本身也无意义，阳光雨露给予草木，草木还是长成了自己的样子。聚斯金德就是聚斯金德，不是别人；《香水》就是《香水》，长成了自己的样子。他们都成为了独特的自己，这很好。所以，《香水》才可能自1984年问世以来，经久不衰，没有其他此类小说可以取而代之。

读完小说，顺手在网上搜了点作者的八卦。惭愧，吃了鸡蛋还想看看下蛋的母鸡，这庸俗的毛病我也没能戒掉。据八卦说，聚斯金德 2006 年推出论文集《在爱与死亡之间》后，宣布退出文坛，彻底隐居。作为不太敬业的八卦爱好者，我没去求证，若果有此事，我也不会意外。不仅这部《香水》，聚斯金德的其他的作品里也显示，该作家对孤独、低调、怪异、不安、矛盾、卑微的心理的确更有兴趣。以上诸般兼具的格雷诺耶也迷恋于隐居。人物是一面镜子，照见的是作家本人。作家的命运就这样预言般地弥散在他的作品里。

2022 年 3 月 2 日，农展馆

## "我要挽回你们为我失去的青春"

### ——序《我的忐忑人生》

小说读完,等了一个月,我期待着某个宏大的命题自然地浮出水面,还没等到,社会历史批评的那一套在《我的忐忑人生》中不管用。金爱烂不使用春秋笔法,无历史影射,也没打算跟辽阔的社会现实产生某种可资狐假虎威的张力；小说的所有意蕴和力量都来自故事内部，它靠自己说话。也就是说，金爱烂不为社会而艺术，也不为艺术本身而艺术，如题所示，她开门见山要为人生而艺术：为人，为生，为人生。

确认这一点我反倒放心了，谈人总比谈历史和现实让我心里有底，尽管中韩两国一衣带水、风月同天，但毕竟山川异域，现实和历史岂是他人所能轻易看穿的。这也符合我对当下韩国文学有限的认知。就我熟悉和喜欢的韩国作家，他们多是金爱烂父兄辈，的确也如这般正视自我与日常生活，决意拿文学对人生正面强攻。

这是一部专注于人的小说。故事要讲的，在简短的引子中已经表达得相当充分："这是最年轻的父母和最衰老的孩子之间的故事。"如果再详细一点，依然可以援引其中："爸爸妈妈十七岁那年生下了我。/ 今年我也十七岁了。/ 我能活到十八岁还是十九岁不得而知。/ 那不是我们能决定的事。/ 我们能确定的就是时间不多了。"这是年轻到不可思议的父母生下的衰老速度迅速到匪夷所思的孩子的自语。因为疾病，他的成长产生了可怕的加速度，"别人的一个小时是我的一天,/别人的一个月是我的一年",所以,"爸爸从我脸上看到自己八十岁的面容。/我从爸爸脸上看到自己三十四岁的脸"。这对可怜的父子,当然还有母亲,他们的人生怎么看都像在相互打对折。如果我们不习惯"十七岁的年纪做了父母",那么我们更不会接受"三十四岁的年纪失去孩子"。但是,小说中的现实就是如此,该成熟的父母依然年轻,该年轻的孩子已然衰老,老到了可以成为父母的爸爸,老到了要先于他们早早地离开这个世界。

这就是奇怪地早熟也早衰的孩子阿美讲述的故事,他的饱受病痛之苦、加速奔赴死亡的"忐忑人生"。他对病痛、生命和亲情的体认,如此悲苦和深入人心,让我在阅读中时常想起作家周国平的《妞妞——一个父亲的札记》和史铁生的《病隙碎笔》。后者以断章的形式记录了对疾病、生命和精神乃至信仰的形而上思考;前者则是一个父亲对出生不久就夭亡的孩子的泣血追忆与反思,与《我的忐忑人生》正好相反。

小说另有一层意指,还如引子中所言:"爸爸问:/如果重新来过，你想当什么？／我大声回答：／爸爸，我想当爸爸。／爸爸问：／更好的还有那么多，为什么当我？／我羞涩地小声回答：／爸爸，我要当爸爸，重新生下我，／因为我想知道爸爸的心。"这当然可以看作是"孩子言"，但又分明深藏辩证的玄机，如佛家的空即是色、色即是空，我即我亦非我，子非父亦是父。为了能够体认最真实最深刻的父子之情、父子之心，或许存在这样一种路径，那就是在源头上重新相遇。小说中也确实为重逢做好了铺垫，阿美生命即将走到尽头，母亲又怀了孩子，阿美摸了母亲的挺起的肚子，说：

"对了，妈妈，等到这个孩子出生了，请你跟他说，哥哥的手曾经抚摸过他的头。"

从生理和现实的角度，正在孕育的孩子当是阿美的弟弟或者妹妹，但从轮回或隐喻的层面，又何尝不是阿美的再生。他迅速奔赴的生命尽头，谁能说就不是一个全新生命的开始？也许，他的确不是去赴死，而是要再生。从这个意义上说，阿美一家是同体的。尽管只有他人生命历程的一部分，但三口人（还应该加上正在孕育的孩子，是四口之家）接续在一起，却完整甚至还部分重复地走完了别人漫长的一生。阿美生就的迅速衰老，都没来得及体验自己的年轻时光，直接到达了人生后半段，直抵"八十岁的面容"和衰弱；一个人的青少年时代，由他的年轻的父母来完成。小说结尾，附上了阿美半虚构半纪实的父母相爱的故事，《那个忐忑夏天》，在他们十七岁的夏天里，少年父亲和少女母亲在祖宗树下接吻、做爱，蓬勃的生命力让他们渴望做、需要做、不能不做、一做再做。毫无疑问，他们就是在古老的祖宗之树的见证下，创造了一个新生命。

阿美从"八十岁"重返人生之初。这是逆生长，或者反生长。英国作家马丁·艾米斯有一部长篇小说《时间箭：罪行的本质》，哥伦比亚的加西亚·马尔克斯也有一篇题为《回到种子里去》的文章，都讲了类似故事：人生倒着过，会如何？我也曾写过一个短篇小说《时间简史》，让人物从死亡的那一瞬间开始沿人生溯流而上，直至回到母体，回到祖宗树下阿美父母式的那美妙忘情的瞬间。所以，《我的忐忑人生》也是一个回到本源、"回归种子"的过程，阿美通过这样一种方式，重新进入了父母生命与爱情的历程。

我愿意在这个意义上理解阿美。如果人生倒着过，从八十、百岁往回走，人生必会是另一番样子。是否能过得更好，说不好，但肯定更清明、笃定，更脚踏实地，不那么离谱。阿美所患的奇怪病症，固然外在地表现为容貌的衰老、器官的衰竭、精气神的不济，内在的，更在于肉身衰老对应的心态的演进。这才是阿美与众不同的决定性因素：他不仅是一个衰老的孩子，还是一个衰老的老人。所以，当他倒退着浓缩地预演了自己的一生时，尽管速度快到不由人，阿美还是真切感受和展示出了人生老迈的心境。由此，儿子才能比老子更像老子；由此，与他惺惺相惜的玩伴才可能是张爷爷："我的生活只剩下失去了。"

当然，阿美并非单行道一般不扭头地直入老境，他一度认为："我们处在坚信自己永远不死的年纪。"在阿美短暂的一生中，这段经历怎么强调都不过分，他"恋爱"了。在合适的年龄终于做了一件合适的事，体验了青春偶一绽放的美好。我十分不愿意用上"回光返照"这个词，但在阿美的一生中,这次"虚拟的""伪爱情"确切是一次生命的回光返照。它痛彻心扉地证明,阿美和每一个十七岁的少年一样,是如此留恋青春和生命。

也正因为有此残酷的回光返照,愈加佐证了阿美之"老"。老得隐忍、宽容和慈祥,老得善解人意、有了平常心。

十七岁,差不多还是少年喧嚣叛逆的年龄,在阿美,却是浮华散尽火气全消。他的安静不是一群哭闹的孩子中独一个不吭声的懂事的安静,而是根本就弃绝了哭闹的愿望。"曾经沧海",他早早地站在了生命的高处。李书河的那些准情书也曾唤醒过少年心性,"摇荡我心旌",但发现"女朋友"只是一个男性剧作家在冒充,遭遇了"出卖"和"戏耍",阿美依然原谅了他。甚至不仅原谅,还致了感谢:"谢谢你出现在我能看见的地方。"他对所有参与他生命进程的人都心怀感念,这也远远超越了一个十七岁少年可能有的心灵境界。

在这样一个年纪,怕再难有人像阿美那样体贴和理解父母了,为了宽慰他们,他"想成为全世界最搞笑的孩子"。

弥留之际，飞翔的句子替他为父母歌唱："爸爸，下辈子我做你的爸爸。妈妈，下辈子你做我的女儿。我要挽回你们为我失去的青春。"如此平和坦然地赴死，而爱沉实饱满。

在这样一个年纪，怕也再难有人像阿美那样，能和张爷爷建立起"称兄道弟"的友情，一起分享人生最基本、最朴素也最紧要的经验了。张爷爷最后去医院探望阿美那一节极为动人。貌似老顽童看望忘年之交，实则是两个心境同样沧桑的老人互致慰问，相互成全人生的圆满。草绳百庹用处多，人生百庹奈若何；因为懂得，所以慈悲。谈话"舒服而无聊"，唯有旗鼓相当的对话才有如此效果，"无拘无束，什么话都能说，让你高兴得想要流泪"。

有一段对话意味深长，这可能也是他人眼中的疯子却能与阿美成为好朋友的重要原因：

阿美："我觉得爷爷是个很聪明的人，难道你不想做个稳重的儿子吗？"

张爷爷："不太想。"

阿美："为什么？"

张爷爷："因为爸爸喜欢我这样。"

这个张爷爷，确如阿美所说，是个智者，大智若愚、若疯、若傻。也只有张爷爷才可能与此时的"老阿美"对话，他们有相匹配的老、天真、纯粹与平常心。而天真、纯粹、平常心，往往是老至极处的必然境界。再往前走，便是新的生命轮回，重归婴儿，进入生命之初。张爷爷还给阿美带来了盒装烧酒，他在盒子里插了吸管，颤抖地递给阿美。他的抖，固然可能因为紧张和寒冷，更可能源于它作为仪式的重大切要。他把它看作是阿美的成人礼，也当成补足阿美人生缺憾的必要行动。此时的烧酒，是忘年又同年的两个人面对艰难浩荡人生的接头暗号，"我们并肩坐在椅子上，顶着凛冽的寒风，我感觉我们正在凝望相同的方向"。

在这部小说里，我当然看到了病痛，看到了对生命的珍重与思考。但要用一个字来概括，我想说我看见了"人"。这看上去是句废话，文学的终极目标不就是人吗？没错，但《我的忐忑人生》做得更充分。跟着阿美的叙述，我们看清了阿美，也看清了阿美的父母，看清了张爷爷、胜灿和秀美他们。看清楚了一个个人，所有与人相关的问题才有所附丽,也才有意义。沈从文先生《抽象的抒情》中写道:"照我思索,可理解我,照我思索,可认识人。"这句话后来也成为沈先生的墓志铭。我以为拿来作为对这部小说的理解,也算切题,"照我思索,可理解我,可认识人",这个"我",是小说人物阿美,也是小说作者金爱烂。

2022年5月29日,远大园

**寻找理想作家**

　　写作者要寻找理想的读者，理想的读者最能理解自己。作为读者，我们也在想象和寻找跟我们相契合的作家。什么样的作家才是能跟大多数读者相契合的作家？或者说，什么样的作家才符合我们大多数人的想象？其实如果把标准列出来，每个人都差不多。我们对一个"好作家"

的想象和标准，说起来也就那么多。但在整体的好标准之下，又会有具体而微的差别，所以才有这么多好作家出现在我们面前，人和人之间都不一样。比如咱们北师大有莫言老师，有余华老师、苏童老师、欧阳江河老师、西川老师等等，他们写小说、写诗，每个人在当下都是最好的作家，是中国作家的"顶流"，但是相互间的区别又非常之大。他们身上又共同呈现出了一些"理想作家"的特质，只是这些特质因人而异。莫言老师跟余华老师都幽默，但他们幽默的方式又不一样。余华老师在台上说着幽默睿智的话语，自己也跟着哈哈大笑；莫言老师在台上一般不太笑，他靠的是语言本身，是不动声色的幽默。可见，对一个好作家的想象，既有一个通约的标准，又要认识到通约之下个体的差异性。

那么在今天，一个好作家需要具备哪些素质？

一、开阔视野

首先，视野一定要开阔。过去夸一个人有才华，是"秀才不出门，便知天下事。"光是待在家里，就能上知天文下晓地理，得像诸葛亮那样不一般的人，近"妖"一般聪明，如此才能上天入地，宇宙通吃，运筹帷幄之间，决胜千里之外。但在今天，你只需要拿一部智能手机，连上网，即使是世界上离我们最远的智利或阿根廷，你也能在两秒钟之内知道对方的任何风吹草动，不需要像诸葛亮那样聪明。但即使我们有掌握世界的能力，不意味着我们已经掌握了世界，我们还需要有掌握世界的意识，并且为之努力。作家们肯定都希望自己的眼界足够宽广，抬眼就能把纷扰人间看个清清楚楚。不过这份视野的获得，有时候不是我们想象得那么容易。

二十年前，我在一所大学教过两年书。刚教书那会儿，我们系有位老先生学问做得特别好，人也好，我尊他是为人为文的典范。我当时想着，如果我老了，到他这个岁数，一个像我现在这样的青年教师看我，就像我看他一样，视为成长的楷模，那我这辈子就值了。但是两年后我去北大读书，突然觉得很难过。因为我发现这位老先生做的学问，北大的老师们早就不做了，五年前，甚至十年前就已经淘汰掉了，但我们这位老先生还在孜孜以求。才华、能力、学识肯定都没问题，但因为视野的局限，他不知道这个世界上的学问已经做到了什么程度，所以一直固守在自己的一亩三分地上，专心劳作。这样做学问当然也有意义：可以出成果，可以评职称，可以拿奖金，但对整个学术界来说没有意义，是无效劳动。我们现在做论文之前，老师会提醒我们，先去图书馆、去网上认真搜一下，看看这个选题有没有人做过，如果没人做过，填补空白当然很有价值；有人做了，那你要慎重，得考虑能否在别人走过的路的尽头再往前走一步半步。能走，这事也值得干；如果不能，怎么努力都躲不掉别人的阴影，那老师肯定会建议你放弃。人这一辈子的时间、精力都有限，要把有限的生命投入到更有意义的事情上去。所以"视野"很重要，可以让我们尽可能避开无效劳动。

在写作领域也一样，我做了十八年的编辑，十八年里，中国当下优秀的作家我差不多都读过，我也读过许多大家或许永远也不会知其名的作家：他们也非常辛苦，也很勤奋，甚至相当有才华，有些人堪称著作等身，但依然不为人知。有位老先生常年给我寄稿子，屡投不中，着急，给我打电话，问怎么回事。他说，我写了几十年，自认为写得越来越好，为什么总是泥牛入海？我说，我想看一下他几十年前的作品。他把二三十年前的小说寄给我，拜读之后，我的确觉得现在写得比过去好，但"好"只是外在的好，语言更顺畅，结构更合理，故事讲得更跌宕起伏，比过去更吸引人，只是，他对这个世界的认识跟二三十年前没有任何区别，用文学进入世界的方式跟二三十年前也没有区别。我跟他说，真对不起，这么多年您其实在写同一篇小说，您只是把自己变成了一个熟练工种而已。虽然故事看起来不同，但本质上没有区别。我继续问他，平时读什么书？……我喜欢跟写作的朋友聊读书，读什么样的书很大程度上决定了你能成为什么样的作家。你写短篇小说，我就想知道你最喜欢哪些短篇、你常读的短篇小说作家是谁。只要他们列出了名单，你就知道他有没有可能写好。很多人一说就是我读莫泊桑、契诃夫、欧·亨利——我当然觉得很好，他们都是非常经典的短篇小说作家；但是短篇小说发展到了这个时代，你对短篇的认知如果只停留在莫泊桑、欧·亨利、契诃夫那里，对他们之后的短篇小说毫无概念，那可能也是有问题的。因为短篇小说这个文体一直在变化，甚至短篇里很多基本的文学概念都在发生变化。

1889年，英国杂志《格兰塔》（GARNTA）创刊于剑桥大学，后来慢慢成为全世界著名的文学杂志之一。有一年，《格兰塔》举办了一场座谈会，想出一个中国短篇小说特辑。他们的主编和副主编来北京，约了几位中国作家，邀请作家们每人写一篇，打算翻译成英文，做一个专辑推出来。他们找的作家大家都很熟悉，比如迟子建，比如徐小斌，比如《天下无贼》的编剧王刚等等。我们边喝咖啡边聊，迟子建对我说，则臣你发现没有，我们现在短篇小说里的故事跟过去不一样了。我明白她的意思，回答说是，形态变了。过去我们认为，故事就是一个包括起承转合的完整事件，有一个"开端—发展—高潮—结局"的逻辑链，莫泊桑、欧·亨利、契诃夫的小说基本上都是这样，着力于讲一个完整的故事，故事讲完小说也就结束了。但现在很多短篇小说没有一个完整的故事，就像木头一样，不是一段木头，而是一块木头的切面。它可能只是一个故事的切面，没有传统意义上的开头和结尾，而是掐头去尾的一段。就好像看电影，你进电影院时，电影已经开始播放了，你看了一会儿，没到结尾你又走了。你看到的只是这部电影的一部分，可能会让电影看起来没头没尾，但这一段在今天的小说里，就可能成为一个故事。这就带来了一个变化，过去我们会把评判一篇短篇小说完成度的标准建立在其故事的完成度上。故事是不是讲周全了？如果故事彻底讲完了，那这篇小说就可以结束了。现在不是这样，只要我想表达的东西，在单位时间和单位故事情节内表达出来了，我的这篇小说就可以结束。如果这种情况成立，故事在短篇小说中的概念以及故事与短篇小说的关系便发生了变化。现在短篇小说的完成度取决于小说意蕴的完成度，如果意蕴表达完了，小说当然就可以结束了。

所以短篇小说是在变化的。那么这些变化了的短篇小说，从哪些作家那里能看到？比如，墨西哥的作家胡安·鲁尔福，很多同学可能都看过他的小说《佩德罗·巴拉莫》。今天在座的很多同学是大一新生，大家刚从中学过来，可能对世界文学稍微会有一些陌生，我提到的部分作家，大家可能没太听说过。因为时间关系，我也没法深入讲，大家有兴趣就记住这些名字，以后在阅读中，或者在查资料时见到了，就关注一下。这些作家至少对一个当下的、需要经过现代小说训练的作家来说是非常重要的。最近我在做一个《佩德罗·巴拉莫》跟《聊斋志异》两部小说的对比研究。《佩德罗·巴拉莫》很有意思，一个人能在阴阳两界自由穿梭，我们的《聊斋志异》里有更多的人物在阴阳两界穿梭，那么两者之间的关系是什么？有兴趣的同学可以去做一个小论文，看看蒲松龄的阴阳穿梭跟胡安·鲁尔福的阴阳穿梭的区别是什么。我觉得蒲松龄写得比胡安·鲁尔福好，而蒲松龄比鲁尔福早了三四百年。这也是我接下来要讲的，为什么一个作家需要重新回头，去发掘和转化我们传统文学的一些叙事资源。我们过去一直都忽略了这一点，站在今天回头看，会发现我们的传统文学中的确蕴藏着一个对现代写作极有助益的富矿。胡安·鲁尔福是一个非常牛的作家，虽然他一辈子的作品，翻译成中文只有二十来万字，但是加西亚·马尔克斯说，胡安·鲁尔福仅凭《佩德罗·巴拉莫》这一本书就足以获得诺贝尔文学奖，可见评价多高。马尔克斯当年写《百年孤独》，就受到了胡安·鲁尔福的影响。还有伊萨克·巴别尔，苏联时期的小说家，一辈子只写短篇小说，有的短到只有几百字，但写得极好，他更新了我们对短篇小说的一些认知。海明威和加西亚·马尔克斯都觉得他是当时世界上最好的短篇小说作家之一。我们说一个作家写得"好"，不仅仅是说技术好、修辞好、结构好这些一目了然的外在之好，更指的是他对短篇小说这一文体的理解。也就是说，短篇小说到了巴别尔这里出现了一个新的样态，他推动了文体的发展。还有像爱尔兰的一位女作家克莱尔·吉根，她写得很少，好几年才出一个短篇小说集，但每篇小说差不多都是精品。还有加西亚·马尔克斯，大家可能看过他的很多短篇，比如说《巨翅老人》《礼拜二午睡时刻》《咱们镇上没有小偷》《纸做的玫瑰花》《世上最美的溺水者》等等，都是短篇小说的典范，每一篇都堪称完美。在他创作的中晚期，尤其是1982年获得诺贝尔文学奖以后，出了一个短篇小说集，叫《梦中的欢快葬礼和十二个异乡故事》。

在这部小说集里，你会看到一个完全不一样的加西亚·马尔克斯。有一年我在山东理工大学参加活动，和张炜老师聊天，他非常兴奋地跟我说，我要给你推荐一部短篇小说集，写得太好了。我说，是不是刚翻译过来的马尔克斯的短篇小说集？他说对，你难以想象，竟会出现这样一种短篇小说。大家可以想一想，为什么一个写出了众多经典短篇名作的作家，写到后来，要自我反动、自我变法，直至写出全新形态的短篇小说？

还有以色列作家阿摩斯·奥兹，前几年刚去世，是以色列的国宝级作家。大家有兴趣可以看看他的长篇小说《我的米海尔》《爱与黑暗的故事》等等，晚年他出了一个小说集《乡村生活图景》。大家可以看看，这部小说集跟我们过去理解的中短篇小说有什么区别。我们都知道，小说的情节要一直往上推，推至高潮，然后缓慢下降；奥兹这部集子中的每篇小说，都反其道而行之，在高潮之前停下了，接下来就是断崖式的下落，拐上另一条情节之路。我刚看第一篇小说时，觉得莫名其妙，怎么能这么写？看完第二篇我开始奇怪，怎么连着两篇都这样？读过第三篇，我就知道奥兹不是在瞎整，他在同一个小说集里把这种故事模式反复操练，必是别有怀抱。再比如莫言老师的《晚熟的人》，如果你把他早期的作品，比如说《拇指铐》《大风》《枯河》等，与之做个比较，你会发现巨大的差异。为什么这两位高度成熟、写作已然炉火纯青的作家，会突然对过去的写作做出如此反动式的改变？所谓的"中年变法"或者"晚年变法"，何以会出现？是因为他们对文学的理解，对这一文体的理解发生了变化，这个变化促使他们要为这个文体开疆拓土，寻找新的可能性。

一个作家，想把文学搞好，你当然得清楚这个行当里最优秀的那帮人是谁，在干什么，他们探讨的问题是什么，做到了什么地步。比如，我们可以认真分析一下，20世纪90年代以来诺贝尔文学奖得主的作品。这并不是我们为诺贝尔文学奖马首是瞻，但它的确在很大程度上代表了这个时代文学的一些前沿观点。奈保尔、萨拉马戈、帕慕克、巴尔加斯·略萨、石黑一雄、莫言，他们为什么能获奖？获奖的原因是什么？他们处理的跨文化问题、身份认同的问题、传统与现代的关系问题，为什么是当下我们所面临的核心问题？很多作家写完小说后喜欢标榜：写小说的过程中我把自己感动得稀里哗啦；我在写爱、写善良、写孝顺，这都是人类最重要的母题。这种说法当然没有问题，当然可以写，也可能写好，但千百年来几乎所有作家都在写这个，新翻杨柳枝，你能写出多少新意？而当下世界上迫在眉睫的精神疑难，人类亟须处理的核心问题，我们却没有关心。我在跟国外的作家和翻译家聊天时，常问他们对中国的文学怎么看。很多人直言不讳，认为中国作家的写作经常是旁若无人，就是按自己的想法埋头去写，根本不管这个世界在思考什么、需要什么，不管这个世界走到哪里、面临了什么，只按自己一个人的节奏走。你当然可以按照自己的节奏走，但如果你只是自己画一个小圈圈自己玩，那就不要抱怨别人跟你难以共鸣。理解和共鸣是相互的。所以，我们要有足够开阔的视野，才可能让你的文学跟这个世界建立一种必不可少的关系。而这个东西恰恰经常被我们忽略。很多作家喜欢想当然地把自己写出好作品的可能性建立在概率的基础上，一篇我写不好，五篇我总会写出一篇好的吧？五篇还写不好，十篇总会出现一个好东西吧？天道酬勤嘛。有些勤能酬，有些勤是酬不来的，乾隆一辈子写了四万首诗，还是没一首好的。流行的话说，是"吃了没文化的亏"。不是说他没学问，而是说视野太狭窄，就盯着自己的一亩三分地。文学是要跟大家分享的，作品是需要跟读者之间产生对话关系的，你的作品让人家连说话的欲望都没有，对话关系怎么达成？所以视野很重要。

二、问题意识

"视野"之后，还要有一种意识。刚才谈"视野"时，已经说到了这个问题。在今天，一个好作家，一定要有强烈的打开自己视野的意识，同时有一个与时俱进的意识。这个"与时俱进"也是我们很多作家容易忽略掉的。我们习惯于把"文学是变化的"挂在嘴上，一代有一代的文学，一代人有一代人的文学，这谁都会说，但是我们好像很少去考虑"今天的文学"可能会是什么样子，今天的人可能会喜欢何种文学，在今天，哪些文学能跟我们这个时代相匹配，发生某种对应关系。之前在文学院我也跟很多朋友聊过，我说我们都习惯了抱怨这个时代没有大师，没有经典，认为作家辜负了这个浩瀚的伟大时代，我们没有曹雪芹，没有托尔斯泰，没有《红楼梦》，没有《战争与和平》，没有《安娜·卡列尼娜》……我们真的没有吗？当年托尔斯泰的《战争与和平》在报纸上连载，也引来了一大串批评，当时的有识之士们同样很不满意，像我们一样哀叹，这是一个伟大的时代，但他们的作家都缺席了。但是一百多年过去，我们再看，托尔斯泰其实没有缺席。他们在哀叹那个时代没有荷马、没有歌德、没有但丁的时候，我们现在发现那个时代其实是有的，只不过不叫荷马，不叫但丁，不叫歌德，叫托尔斯泰，叫陀思妥耶夫斯基。那个时代的《荷马史诗》不叫《荷马史诗》，《浮士德》不叫《浮士德》，《神曲》不叫《神曲》，叫《战争与和平》，叫《安娜·卡列尼娜》，叫《卡拉马佐夫兄弟》。为什么那个时代会出现这样的作品？因为那就是一个长篇小说的时代，只有辽阔的长篇小说才能跟辽阔的时代相对应，那个时代的主流文体样式就应该是那样的长篇小说。

再回头看看我们中国古代文学史,在座的学中文的最多,我们挂在嘴上的一直是"唐诗、宋词、元曲、明清小说",但大家想过没有,为什么唐朝的主流文体是诗,到了宋代变成了词,到了元代变成了曲,到了明清变成了小说?为什么会发生这种变化?文学与时代之间到底是什么关系?诗歌这种文体形式在唐朝已经臻于完美,像闻一多说的,建筑美、音乐美、绘画美三美兼具,格律、平仄、用典,都已经达到了创作的天花板。但为什么到了宋,一帮写惯了诗的人觉得不行,我得把它变成长短句?为什么到了元朝又变成散曲和小令,到明清,主流的文体样式又变成了小说?因为时代在发展,时代需要跟它相匹配的新的文学样式出现。在元朝,市民社会发展,大家都要娱乐,想看戏,你不可能全用格律森严的诗和词,普通的老百姓听不懂,你得自由再自由,更加日常,更加贴近普通人的生活。所以曲必须给诗和词松松绑,让文学和老百姓之间的关系更紧密。到了明清,资本主义萌芽进一步发展,造纸术、印刷术都有了长足的进步,尤其京杭大运河南北贯通,一本书写出来印出来,它能够沿着运河上下南北传播,甚至跟着海上丝绸之路一直流传到国外去。强大的文学生产能力成就了广阔的市场，广大的市场反过来又刺激和扩大了文学生产。读书之外我们还要听书，茶馆里、集市上，又出现了另一种生态。我们会发现，半部明清文学史都发生在运河边上。四大名著跟运河都有关系，"三言二拍"《金瓶梅》，甚至《聊斋志异》都跟运河有关。运河就是那个时代的高速公路，就像我们今天的京沪线，每天人来人往，这地方的故事走得出去，别的地方的故事带得进来。这就是传播。憋着不动，就是死的，流通了，就能活得越来越好。当年运河沿线都是富庶的所在，文人都在这条线上生活游历，它提供了巨大的物质基础，才形成了深厚的文化传统。

那么在今天，我们到了什么样的时代？我们这个时代提供了什么样的物质基础？我们这个时代发生了什么样的变化？这种变化对文学如何塑造，又有什么要求？这可能是我们需要认真思考的。所以，如果斩钉截铁地判定我们今天就没有大师，没有经典，可能会有点草率。没准大师已经出现了。今天的大师长啥样？一定不是曹雪芹的样子，也一定不是托尔斯泰的样子。我们今天意义上的《红楼梦》肯定不是《红楼梦》的样子，今天的《战争与和平》也不会是《战争与和平》的样子。当然它是什么样子，谁也不知道。若干年以后回头再看，可能会发现，我们这个时代已经出现了跟时代相匹配的作品，这个作品跟这个时代产生了某种同构关系。同构关系非常重要，可以用一部作品或者用一部分作品呈现出跟这个时代相匹配的一种结构。那么今天是一个什么结构？大家都说是碎片化的，这是一个信息爆炸、高度多元但同时又越发趋同的网络时代。假如说，碎片化、透明化、地球村、同质化等等的确是及物的判定，那么在这样一个背景下，"同构"的作品会是什么样子？我觉得我们应该有这样一种问题意识。

再说回小说家，回到刚才的问题。加西亚·马尔克斯、阿摩斯·奥兹、莫言，为什么在这个时代，在他们创作的中晚期，还会对自己的创作下狠手，努力去"变法"？这些变化有的可以说清楚，作家就是这样感知到了世界的变化，然后形诸文字。他们清晰地发现时代变化了，为了更好地表达对世界的看法，他们的写作自然会跟着变。有些可能就完全说不清楚，他们只是敏锐地感觉到了变化，"春江水暖鸭先知"，于是他们本能地、感性地调整了自身的创作。至于这种调整是否科学、合理，作家也搞不清楚，他们只是跟着感觉走，摸着石头过河。比如当世界习惯了巴尔扎克、雨果，习惯了托尔斯泰的那种古典形态的小说的时候，突然出现一个卡夫卡，绝大多数人都傻了。"一天清晨，格里高尔·萨姆沙从一连串不安的梦中醒来，发现自己变成了一只巨大的甲虫。"这是什么鬼？巴尔扎克、雨果、托尔斯泰没有跟我们说过小说可以这样写啊。那为什么会天上掉下来个卡夫卡呢？大家都知道卡夫卡的一个著名事件，在他去世之前，曾经嘱咐朋友把他的文稿全烧了，幸亏布罗德违背了卡夫卡的遗言，这些作品才留下来，成了经典。为什么卡夫卡要烧文稿？当然有多种解释，也的确众说纷纭。有人说，他对自己的作品不满意。也有人说，他只是高傲地矫情一下，真想烧自己动手就可以了，为什么还要绕个弯子让布罗德烧？我觉得存在这样一种可能：烧是基于他对这些作品价值的怀疑，基于他对自己作品是否合时宜的不确信上。他的确是太超前了，超前到对自己的超前毫无把握。他只是在写出一个他凭直觉感受到的已然到来的世界，而这个世界在他人看来，远未到来。

作家没我们想象的那么强悍，有时候相当脆弱。陈徒手有篇文章《午门城下的沈从文》。文章中写道，沈从文那时在故宫博物院研究服饰，小说写作完全停下了。他在给别人的信中说到自己的作品，他说，他真诚地怀疑它们的价值。像沈从文这样的大师级作家，在那个所有人都说你有问题的时候，你也可能扛不住。在一个不合时宜的时代，三人成虎，听多了你自己都会相信那东西确实没价值。卡夫卡的时代也一样。巴尔扎克、雨果、托尔斯泰才是"正确的方向"，他们是神，是偶像，卡夫卡是在跟"真理的化身"背道而驰，可以想象他面临的压力有多大。很多人根本不懂小说怎么会这样写，格里高尔·萨姆沙怎么没头没脑地就变成了一只大甲虫了呢？卡夫卡之前，没有人会这样写。卡夫卡这样写，是因为他意识到时代变了，他可能没法说清楚这个时代到底怎么变了，比如工业文明对个体的挤压，社会体制对人的异化，等等。但他靠着一个作家的本能和直觉感受到了，意识到了，他就在作品中表现出来了。

作家要有这个把自己打开的意识。我们很多作家缺少这种意识，认定文学就应该是过去老祖宗给我们定下的规矩，《红楼梦》就该是《红楼梦》的样子，不管在昨天、今天还是明天，都得是一个长相，他们习惯拿《红楼梦》这个游标卡尺去测量所有的小说，稍有出入就是假冒伪劣产品，就是"非文学"。所以，与时俱进的"意识"，不能只是挂在嘴上，要走脑入心。往往那些对你有所冒犯、不符合你的审美趣味和认知范畴的作品，才有可能是一种有价值的创新。我们不能打着经典的名义画地为牢，提前把自己给关闭掉。

另外，我觉得今天的作家还应该有跟这个时代建立联系的意识。可以捋一捋，现在奉为经典的那些作品，哪一部跟它所处时代之间的关系是极为稀薄的？我们经常会说，我要写一部作品，藏之名山，传之后世。这当然是一个非常美好的愿望。但试想，如果一部作品在它的这个时代都不能被理解，哪怕只是小范围内一部分精英也不能理解，这个作品肯定是有问题的。卡夫卡在当时的确没有被大部分人接受，但是小范围内大家还是非常认可的，一定程度上，卡夫卡在生前就已经获得了很高的声誉。再比如《尤利西斯》，小说写出来后，辗转了很多家出版社都被拒了，最后是乔伊斯的朋友庞德力荐才得以出版。乔伊斯还是有庞德这样的朋友的，庞德是谁？在那个时代，庞德是整个世界的诗歌之王，他推荐，出版社这个面子还是要给的，很多人也相信庞德的眼光。也就是说，就算是天书一般的《尤利西斯》，也有庞德这样的同时代人赏识和认同，它与时代之间并非彻底失联。

还有《金瓶梅》。这些年《金瓶梅》的地位在升高，有种声音越来越大：认为《金瓶梅》比《红楼梦》更伟大。相对来说，《金瓶梅》的接受度远远不及《红楼梦》。这些年，很多拍古装剧的朋友会问我，有哪些资料可以借鉴，我就推荐他们看《金瓶梅》，因为它忠实地保留了那个时代的生活细节，也部分地表现出了那个时代的精神。《金瓶梅》跟它的时代之间的关系在今天越发地凸显出来。恩格斯高度评价巴尔扎克的《人间喜剧》，说他单从《人间喜剧》里学到的"经济细节","也要比上学时所有职业的历史学家、经济学家和统计学家那里学到的全部东西还要多"。其他的社会现实还不算。在《人间喜剧》里,你能看到贵妇人是如何斜躺在沙发上看书的,她们的发型是什么样子,她们如何搞婚外恋,法国上流社会的现实一应俱全。《金瓶梅》也是如此。我听过北京服装学院的一位教授的讲座,非常精彩,讲《金瓶梅》里潘金莲的服饰。小说里潘金莲换了几次衣服,每次穿的什么,从她的服饰和装扮可以研究当时的社会风气。《金瓶梅》的确能够让我们非常有效地返回历史现场。我们常说,小说是以文学的形式给这个社会留下一部信史。好的小说理应能够跟现实之间形成充分的张力,也理应具备足够的还原历史现场的能力。

好的作家跟时代之间一定是血肉相连的。不管他操持的是传统的现实主义,还是魔幻现实主义,还是先锋前卫的各种主义,最终都要通过作品与时代建立起联系。福克纳是,加西亚·马尔克斯也是,魔幻现实主义的很多小细节在日常生活中你都能见到,作品中呈现的整体的时代精神更不必说。美国20世纪30年代出生的一大批作家都很棒，好几位已经去世了，比如写《大进军》《格拉泰姆时代》《比利·巴斯格特》《纽约兄弟》的E.L.多克托罗，一辈子生活在纽约，对纽约极其熟悉。如果你现在写纽约，这位作家你是绕不过去的。比如约翰·厄普代克，写"兔子五部曲"，"兔子"是一个美国人的外号，写他的一生，《兔子快跑》《兔子归来》《兔子富了》《兔子安息》《怀念兔子》。你把这个系列看完，那一段时间的美国历史你也基本了解了，所以他被誉为"美国的巴尔扎克"。还有一位我特别喜欢的作家菲利普·罗斯，很遗憾他在生前没有获得诺贝尔文学奖，前几年刚去世。大家可能看过一部电影，叫《人性污点》，2003年上映的一部非常好的电影，罗伯特·本顿执导，安东尼·霍普金斯和妮可·基德曼主演。我觉得小说原作更好，刘珠还翻译过来叫《人性的污秽》。罗斯一辈子都在写美国现实，写他生活的时代，堪称他那个时代最出色的"书记官"。

还有一个极重要的意识，即问题意识。如果一部作品跟读者没关系，缺少读者普遍认同的或者能够感受到的那个东西，这部作品大概率我们不会上心。为什么我们现在依然在探讨鲁迅，是因为鲁迅的作品里表现出来的强烈的问题意识，不仅针对那个时代的现实，对更普遍的现实和人，他也有自己的思考。比如阿Q，我们在日常生活中多多少少都是一个阿Q，但是鲜有作家能以如此强大的问题意识，把阿Q这个典型给综合出来。比如《狂人日记》，一部吃人的历史，有多少人能够意识到？那么，在文学的意义上，问题意识究竟是什么？

葡萄牙作家若泽·萨拉马戈是1998年的诺贝尔文学奖得主。他的小说都建立在一个设问或者假设的基础上，比如《失明症漫记》。后来被排成话剧，叫《失明的城市》，王晓鹰执导，在北京也演过。萨拉马戈的小说建立在他对现实产生某一个巨大的疑问的基础上。《失明症漫记》的开头是这样：一个人开车，在等红绿灯，绿灯亮了，但是这个人没走，他后面排了一堆车，大家都急，等着他走，一等不走，二等还不走，后面就开始摁喇叭，那人还不走，大家都感到很奇怪，其实这人比他们还着急，因为他突然看不见了，失明了，眼前是一片牛奶状的乳白色，他成了一个盲人。他明白绿灯亮了，但是看不见路，不知道往哪开。这个时候后面的人过来问怎么回事，他说他的眼睛看不见了，他们就把他架出来，把他的车弄到路边，交通才慢慢顺畅了。那几个好人，把他送到一个眼科医生的诊所去看病，接下来，所有跟他接触的人全变成了盲人，包括医生，眼前都变成了乳白色，失明像瘟疫一样在这个城市蔓延，直到整座城市变成了失明的城市。这当中唯一的例外，是医生的妻子，她没有失明。这个世界的规则是看得见的明眼人建立的，而当这个城市变成了一座盲人的城市，生活运行的规则变了，变成了盲人的规则，或者说变成了无规则。而按照变化后的规则运行之后，没有瞎的那个人，医生的妻子，实则变成了另外一种意义上的盲人。大家都看不见的时候，缺少了监督和制约，道德和伦理都不管用了，潘多拉的盒子就打开了，人性的恶便全部释放了出来，可以想象这个世界会变成什么样子。小说除了开头那一小部分有点魔幻，后面完全写实，实打实地往下走。整部小说的逻辑十分强悍，清醒且清晰地描绘了人们失明以后、整个城市失明以后，这个世界是如何往深渊一路狂奔的。

萨拉马戈还有一部长篇小说叫《石筏》，用奇幻的方式对欧洲所竭力证明的欧洲性进行了批评。葡萄牙是否只与欧洲有关？与其他的大陆有什么关系？萨拉马戈大胆假设，伊比利亚半岛从欧洲断裂开来，沿着大西洋独自漂流，去搜索自己的拉美和非洲之根。这部小说源于萨拉马戈对葡萄牙、西班牙自身的认同感的思考。萨拉马戈还有《里斯本围城史》《复明症漫记》《大象旅行记》《洞穴》《所有的名字》等小说，他的小说总有奇崛的想象力和宏大的问题意识，他的写法我们也前所未见。我第一次看到他的小说时，真的被他的想象力震慑了。但我觉得，比想象力更重要的，是他的问题意识。这种问题意识只有站得足够高，对这个时代、这个世界认识得足够深刻，才能获得。这是我们绝大多数作家所欠缺的，而这个世界恰恰需要能够解决我们迫在眉睫的精神疑难的作家和作品。一句话，这样的问题意识，一个好作家必须得想办法让自己也拥有。

刚才讲到文学跟现实之间的关系时，我还想举一个例子：一部作品跟现实之间的张力越大，理论上我们便会越关注这部作品。很多年前张艺谋导演有一部电影《金陵十三钗》，同时段上映的还有另外一部片子，陆川的《王的盛宴》。当时，有朋友让我来预测一下哪部电影的票房会更高。两部都是著名导演的作品，但我当时还没来得及看，我说我猜《金陵十三钗》票房会更高。朋友问为什么？我说《金陵十三钗》处理的题材是"南京大屠杀"，跟我们每一个中国人息息相关，而《王的盛宴》讲的是一个宫廷故事。当然拍得也很好，视听效果很棒，但它只是一个"空转"的故事而已。看完了你会说这电影拍得不错，但它很难有"绕梁三日"的效果，因为它跟你说到底是没关系的。而跟《金陵十三钗》同期还有一部片子，斯皮尔伯格的《战马》。如果大家还记得对《金陵十三钗》的评价，可能会知道，这部电影在国外遭到了一些冷遇，重要的原因之一，是电影被认为表达了"一个大学生的命比一个妓女的命更珍贵"的观念——引起了很多国外观众和媒体的不满。而斯皮尔伯格的《战马》在这方面就做得比较好。

我给大家简单复述一下《战马》故事。一战期间，英国的一个年轻人养了一匹马，战争如火如荼，随着年轻人入伍，他的马也被卖掉了，成了战马，最后跟着主人一块儿到了前线。他们跟德国人打仗，在一个大雾天，两军对垒，那匹马突然脱缰跑到了双方中间的无人地带，被铁丝网给缠住了。在双方的视野里，影影绰绰地都能看到马落难的这个位置。英国人看到自己的马被缠住了，想去解救它。因为大雾，两边都不敢贸然动作，战斗在此刻平息了。英国士兵带着家伙，悄咪咪地往铁丝网处爬，到了那里折腾半天，一个人根本搞不定，他也担心动静弄大了，被德国人发现。这个时候，他发现从对面的大雾中也过来了一个人，一个德国的士兵也带着家伙过来了，德国人也想解救这匹马。两人相视一望，都知道了对方的心思：解救这匹马。两个人开始合作。为了解救这匹马，战场跟大雾一样沉寂，枪声没有响起，最后两人合力剪除了缠在那匹马身上的铁丝网。不必解释太多，大家就可以清楚地感受到，斯皮尔伯格在传达一种价值观，即该如何对待和尊重一个生命。

举这个例子并非表示我和我们在座的各位，就一定比导演的价值观要经得起推敲，比他们认识问题更清楚。必须承认，在私下里，在日常生活中，我们每个人都有一些相对陈腐和容易被诟病的观点。但是作为一个艺术家，作为一个创作者，我们还是得有这样的意识，即我们的作品拿出来以后，它就变成了一个公共的产品和公共的资源，它对社会产生的影响可能会超出我们的想象。

文学艺术有一个教化的功能，作为一个创作者，我们必须清楚，这个意识要跟上。比如，有些关于女性问题的陈旧想法必须摒弃，不能随便在作品里面出现。这种意识，既来源于一个人的格局、境界、见识和素养，也反哺一个人的格局、境界、见识和素养。

三、渊博学识

第三个理想的素质，我想谈的是作家的"渊博学识"，就是一个作家如何给读者带来知识性的享受。这种知识分为两种，一种是硬知识，像钱锺书那样真有学问，可以写《管锥编》，可以在小说里不停地"掉书袋"。一个作家有这种渊博和智慧，我们当然羡慕，钱锺书也理所当然是我们期待的理想作家。但我认为对一个作家来说，还有一种文学意义上的学识渊博，它比前一种硬邦邦的学识更重要。

有一次我和余华老师在国外，活动结束后我们聊天，说起我在淮安待过，大家都知道淮安是吴承恩的老家，然后就开始聊《西游记》。余华老师说《西游记》有的地方写得特别好，展现了吴承恩作为小说家的高明。他说有一场孙悟空跟二郎神杨戬的较量，按正常的逻辑，孙悟空会七十二变，杨戬会七十三变，后者肯定能够降住前者。但结果是杨戬败了。为什么？孙悟空变成一条鱼，杨戬就变成一只鱼鹰；孙悟空眼看逃不掉了，就变成一朵花，杨戬跟着变成一只蜜蜂去采蜜；最后孙悟空实在急了，跑到河边摇身一变成了一只花鸨，杨戬傻了。

花鸨是一种鸟。大家都知道妓院里的"老鸨"，这个说法就来源于"花鸨"，所以鸨象征着污秽、不洁，即使用来做一只鸟的名字也是不干净的。杨戬瞬间搞不定了，为什么？杨戬是一个神啊，高大上的神哪能碰这东西，他对这些东西得时刻保持着自己的尊严，非礼勿视，不洁的碰都不屑碰，也不能碰，所以他就束手无策了。但这对孙悟空来说不是问题，他就是个荤腥不忌的"畜生"，他无所谓，高洁的、污秽的在他那里都一样。所以余华老师说，你看，这就是吴承恩的高明之处。小说写到这地方就过去了，吴承恩不跟你解释，这是小说，不需要解释，你自己去领悟。他只用了一只小花鸨，就把孙悟空和杨戬区别开来了——一只猴子跟一个神之间的区别。

小说家的学问是另外一种意义上的学问，所以《红楼梦》里说，世事洞明皆学问，人情练达即文章。我们对小说里的"知识"存在狭隘的理解，觉得知识就是那种掉书袋，硬邦邦的东西。小说里的"学识"也可以甚至更应该是那些有意味的、需要你去揣摩、意会和领悟的东西，是带有复杂性的妙处。

在今天，一个好作家一定要有足够的学识，才能解决我刚才说的同质化的问题。这是一个信息发达的、无限透明的时代，一个作家要从习焉不察的地方发现问题、分析问题、解决问题，所需要的能力跟传统作家会有很大区别。过去的作家，只要能够占有一个相对偏僻的资源，你就可以讲述别人不知道的故事。因为这个资源独你一家，别人找不着。而我们对小说、对文学的阅读的一个重要的诉求，就是希望从作品中获取足够的陌生感，陌生的经验、陌生的艺术、陌生的思想。如果你所占有的资源足够偏僻，你就能讲出陌生的故事，大家就是冲着"陌生"来的。

但是在今天，这种偏僻的资源几乎荡然无存，可能现在食人族部落里的生活都有人在直播了。这个世界上的死角都消失了。斯诺登事件为什么让世界震惊？因为它告诉我们，即使国家层面的最高机密，比如刚刚结束的秘密会议，半小时不到，跨海越洋的另一个国家可能就知道了。这个世界还有秘密吗？没有了，没有秘密，没有隐私，而我们故事的陌生感正是建立在偏僻、隐秘的基础上的。莫言老师有一部小说《檀香刑》，里面写19世纪末、20世纪初德国人在山东修胶济铁路，高密东北乡就疯传，德国人是没有半月板的，所以他们走路只能像僵尸一样跳来跳去。高密人都信了，因为大家都没见过德国人，也没有获得相关信息的渠道。但现在你即使到贵州、到广西，到十万大山里跟他们说，"德国人是没有半月板的，所以走路只能像僵尸一样跳来跳去",小孩都不会信。虽然他没见过德国人,但那么多的信息通过各种渠道汇集过来,对这个世界做出基本正确的判断已经是他日常生活中的常识了。

所以我们就面临着这样一个问题：我们必须把个人资源转化为公共资源的同时,同样也需要把公共资源重新转化为个人资源。前者是因为你要跟读者通约,后者是你得把大家都熟悉的题材处理成带有自己独特的风格、气息和发现的东西,变成你的个人化的资源。那你就需要从这些公共资源里,找到别人看不到的东西。需要的就不仅是你过去讲一个陌生故事的能力——你已经没有陌生故事可讲了——你需要对这些日常生活进行分析、去提炼、去总结、去提升、去变形,然后讲出来让大家觉得是这么回事。所以在今天,做一个好作家的难度越来越大了,写作已经是个高风险的职业了。我们要做的,是把所有人都知道的,变成大家不知道的,或者知道得没那么深入、彻底的。

今天下午,文学院为焦典开了作品研讨会,我在发言中说，即使是自然生长，焦典也会成为一个很好的作家。原因我列了几条，其中很重要一条，是因为她在念博士，多年系统的学术训练和文学史积累，是她成为好作家的重要保证。当然我所谓的学院派，不是说你非得拿到硕士、博士文凭，而是说你一定得经过足够的学术训练和思维训练，有一个足够丰厚的文学史背景，如此，你才能每一步都清醒，知道你写得好不好，更好地找到你的空间和可能性在哪里。

有的作家很清楚自己的空间在哪里，就像写论文一样，知道这个东西有没有人写过。别人写过了，如果我怎么写也走不出别人的阴影，那就不必强求，正视自己，把自己的能力、才华、时间放到只有你能写、别人写不了的地方。写作也需要知己知彼，你连自己的优势和劣势是什么都搞不清楚，如何扬长避短、扬长补短？你可以认为，写作就是摸着石头过河，走一步算一步，没问题，但真要全凭感觉，肯定是不行的。

好的作家是要有能力处理文学的问题的，要有强大的问题意识和思考力，到了课堂上，要不只会讲经验之谈。

不是每次都讲，我是怎么写作的，我是怎样走上作家之路的，还要能系统地谈论和解决问题。虽然未必提供科学的、准确的答案，但你得有思考，你得能够按照你自己的问题意识不断地调整自己的写作及其与世界的关系。

接下来的问题是，同质化的时代，写作中那些他人不熟悉的经验从哪里来？莫言老师说过，一个作家要有同化他人生活的能力，能够把第二手、第三手、第四手的资料转化为第一手的资料。很多老作家，六十岁以后虚构写作的能力基本就结束了，只能写写随笔、回忆录等，创造力去了哪里？前面我提到的一些作家，比如萨拉马戈，六十岁成名，因为写了长篇小说《修道院纪事》一炮而红，十六年之后，七十六岁时获得了诺贝尔文学奖。获奖以后，他基本上每两三年就完成一部长篇，而且质量都很高，堪称宝刀不老。菲利普·罗斯最重要的作品"美国三部曲"，都是他六十岁以后写的。现在的巴尔加斯·略萨，八十多岁了，依然能够每几年就出版一部有分量的长篇。为什么他们的创造能力如此之强？我们如何解决我们的可持续写作的问题?

我看过一个访谈,采访的是一位在国外从教多年的华裔理工科教授,他说中国孩子在国外留学的,大部分都很聪明,只要使使劲儿就能进入到好学生的前百分之二十,但如果想进入到前百分之五,难度极大,后劲儿不足。他说很多年里都想不明白,为什么要才华有才华,要勤奋有勤奋,就登顶时那最后一哆嗦跟不上呢?后来他得出一个结论:我们这帮孩子跟我们的文化传统之间断了联系。大意是,我们的文化DNA流淌在我们的血液里,老祖宗传下来的这个东西被切断以后,我们创造力的源头也就没了,所以才会在接下来更艰巨的创造性活动中后继乏力。这是理工科教授的判断,我觉得对我们文科,尤其对文学从业者来说,这个问题更加突出。

这些年在我个人的写作里,我越来越清晰地意识到这个问题。一个中国作家,你在经过西方现代小说完整的训练之后,在表现中国人的内心世界,表现我们的核心情感、核心焦虑、核心疑难,在表现我们的现实时,你依然会有隔靴搔痒之感。为什么会有这个问题?尤其是在如今这个同质化时代。同质化不仅是世界的同质化，全球范围内的文学也在趋同。

过去中国文学要加入到世界文学的大合唱中，成为世界文学的一部分，我们要寻找那个最大公约数，寻求他人的认同。而当世界认同了我们的文学，我们要考虑的应该是怎么样让别人持续地、持久地、一往无前地认同和接受，这个时候，单单考虑那个最大公约数可能就不够了。还需要一个更加分明的差异性。

就像两个人做朋友，能在很多问题上达成共识当然很重要，但在相互理解之后，更重要的可能是我们能互补些什么。互补就是各自拥有足够的差异性，我能从你那里获得营养，你能从我这里得到教益，彼此可以源源不断地互通有无。

这些年我看了不少外国文学，走了一些国家，我发现文学的交流中，除了共同的那部分外，更需要一个差异性的部分。因为这个东西只有你有，别人没有，所以我才强烈地需要你。如果别人也有，那我需不需要你就不好说了。这就像生产厂家，如果是独一份，那好，所有人都得从你这里拿。如果同样的产品有两家在生产，那你就有被取代的可能。如何把目光放长远，不被取代、独一份的保证是什么？我觉得应该是"中国人之所以为中国人"的部分，是从老祖宗那里一直传下来的携带 DNA 的东西。这几年很多作家在研究中国古典小说，我也在读《聊斋志异》和"三言二拍"等小说，收获颇多。1991 年，汪曾祺曾建议新潮作家们要补两门课，一门课是古典文学，一门课是民间文学。多年后再看，汪先生的建议非常中肯，因为古典文学和民间文学确是我们文学的源头，是我们的差异性的基础。

刚才说到，今天的作家，他的战斗力，他能脱颖而出的条件之一，在于是否掌握了独特的个人资源，或者说是否有能力把公共资源转化为个人资源。个体如此，群体亦然。我们的文学所拥有的亚里士多德意义上的"是其所是"，说到底源于我们的老祖宗。"是其所是"要从我们传统文学的叙事资源里来，从我们的民间文学和文化中来，如果我们能在这些资源和今天的生活之间建立起有效的叙述路径，相互激活，那么我们的文学可能才是真正意义上的"中国故事"。

既能把今天的生活讲好,同时又能用一种自己独特的方式去讲述;既能跟世界文学通约,又能保持足够的差异性,对于作家来说我想这应该是个理想状态。一个作家如果想可持续发展,可能需要具备这些素质——学识等方面的积累,强烈的问题意识,你不仅要对这个时代有深刻的认识,还要跟传统之间建立起可靠的关系。

总体来说,我觉得一个作家从前期的准备到中间的各种意识再到可持续发展,如果都能做到,应该会是一个好作家。我对作家也有个划分,大体分为三种。一种是作品等于作家的,就是作品跟作家之间画等号。你有多少才华,你有多少认识,你的作品里面就能呈现出来多少。第二种,是作品小于作家的。你有十分,转化成艺术时,你只能转化出八分;你有八分,只能转化出五分。我认为这是一种相对失败的作家,最好的作家是作家小于作品。刚才提到福克纳、加西亚·马尔克斯,他们都是小于作品的作家。他们本人绝对的认知可能只有八分,但通过他高明的艺术能力,可以在作品中发挥到最大,变成十分。这个十分是什么？就是更大的阐释空间，更多的乃至无限的可能性。

也正是这个意义上才会出现这句话：一千个读者有一千个哈姆雷特。莎士比亚对哈姆雷特肯定有一个想象，但作为个体，他能设计出来的哈姆雷特再复杂，也不过五个、十个，但我们观众、我们读者能从他的五个、十个里看到更多，每人看到自己的那一个，一千个读者看到一千个。这说明莎士比亚经营出来的哈姆雷特足够复杂，这个复杂并非莎士比亚本人有这么复杂，而是经由他高明的创作艺术，把哈姆雷特经营得如此之复杂。

一个理想作家，要有足够的艺术能力把自己放大。作家陈染有一部小说，名字叫《凡墙都是门》，我特别喜欢这个小说题目。所有的墙都是门。这个阶梯教室，我们想从里面出去，只能从门和窗户走，但如果所有的墙都是门呢？一部好作品在我看来应该努力让所有的墙都变成门，你可以自由穿梭，从任何角度进出，而且能得到你想要的那一部分。

这样的作家就是小于作品的。可能有人觉得，一个作家小于他的作品了,是件丢人的事,我认为恰恰相反,这是一种无上光荣。因为你通过独有的艺术方式,经营出了一个比你更大、更复杂、更多元、更经得起阐释和推敲的世界,还有比这更理想的作家吗?

**本文为《寻找理想作家》讲座整理稿**

**2023 年 9 月 20 日,北京师范大学**